文春文庫

億　男

川村元気

文藝春秋

億男$目次

億男

落ちぶれたコメディアンが、病に冒されたバレリーナを励ましている。

「人生に必要なもの。それは勇気と想像力と、ほんの少しのお金さ」

コメディアンは、歌うように続ける。

「戦おう。人生そのもののために。生き、苦しみ、楽しむんだ。生きていくことは美しく、素晴らしい。死と同じように、生きることも避けられないのだから」

金曜日の深夜。冷え切った四畳半の部屋で、大倉一男（おおくらかずお）は押し入れの奥にあった重い旅行カバンを引っ張り出しながら、チャーリー・チャップリンの『ライムライト』のワンシーンを思い出していた。

自殺しようとまで考えていたバレリーナは、チャップリン演じるコメディアンに勇気と想像力をもらい、再起していく。

ラストシーン。舞台の上で華麗に踊るバレリーナを見つめるチャップリンの表情が忘れられない映画だった。

ただ、ここにひとつの隠された事実がある。チャップリンはこのセリフを書く前に、年間六十七万ドル（今でいうと九億円ほどか）というほんの少しではない契約金を手にしていた。契約直後の彼は、ニューヨークのタイムズスクエアのど真ん中に立ち尽くし、電光掲示板に流れる自分の契約金のニュースを呆然と眺めたという。

そのときのチャップリンは、果たして幸せだったのだろうか。

一男は旅行カバンのジッパーをゆっくりと引きながら、この三週間の間に起きた出来事を頭から順番に思い出そうとしていた。けれどそのたびに心がざわめき、でたらめな編集をした映画のように記憶が錯綜（さくそう）してしまう。

旅行カバンの口が大きく開く。中には大量の一万円札が、帯をされた状態で詰め込まれている。一男は札束をそっと取り出し、畳の上に並べていく。百万円の束が三百。三億円分の福沢諭吉の顔が床一面に並ぶ。その目は冷たく、見くだされているような気分になる。これが本当に「天は人の上に人を造らず、人の下に人を造らず」という言葉を残した人物なのだろうか。


お金があれば幸せだ、ということをもはや誰も信じていない。大金持ちになり、瀟洒（しょうしゃ）な家に住み、豪華な食事をすることが万人の求める幸せではなくなった。インターネットやテレビには、家庭が崩壊してしまった億万長者や、刑務所に入ってしまった成金のニュースがあふれている。

けれども、お金がなくても幸せだ、というのがまやかしであることも皆が知っている。大事なのは富ではなく心の豊かさだ、なんて言葉を信じることができるだろうか。もしそれが本当だとしたら〝お金では買えない幸せ〟とやらを見つけた人に、もっと出会ってもいいはずだ。

一男は、並んだ三億円の上に胡座をかきながら、お金と幸せの関係について考え続けた。けれども、その答えは見つかる気がしなかった。思わず、福沢諭吉に訊ねる。

「……お金と幸せの答えを、教えてください」

床に並んだ福沢諭吉たちが眉間にしわを寄せ、一斉に考え始めた。唸り声すら聞こえてきそうな熟慮の表情だ。何か答えがあるのかもしれないと、一男はじっと彼らを見つめる。

「それはですな。うーんと、あれですな……」何かを閃いたのか、福沢諭吉が語り出す。

「お金と幸せの答えというのは、つまるところ、あの、その……僕もずいぶん長いこと考えてるんだけど、ぜんぜん分かんないの。ごめんね」

間の抜けた妄想が終了し、一男は脱力して三億円の上に寝転がる。ふと下に目を向けると、紙幣の中から福沢諭吉たちが一男を見つめている。

その顔は、まだ答えを探しているように見えた。

一男の世界

野口英世も樋口一葉も貧乏だったらしい。

貧しい家に生まれながら医学者として成功を収めた美談を持つ野口英世も、のちに散財を繰り返した。樋口一葉は『たけくらべ』を書いて一流作家になってからも借金に苦しみ、二十四歳で亡くなるその瞬間まで貧しかった。お金で苦しんでいた人が、死後に紙幣になるなんて、当の本人はどう思っているのだろうか。

「きっと貧乏には楽しいことがたくさんあるに違いない。そうじゃなければ、こんなにたくさんの人が貧乏でいるはずがない」

昔読んだ本で、見つけた言葉。それが教えてくれたのは、貧乏を楽しむ方法ではなく、この世界はお金の皮肉であふれているということだった。

一男が三億円を手にすることになったのも、そんな皮肉めいたある一日の出来事がきっかけだった。

　ちょうど三週間前の金曜日。一男は図書館のカウンターのなかでひとり、返却された本の整理をしていた。毎朝八時半に出勤し、館内の電気をつけ、エアコンを入れる。カウンターの中でパソコンを立ち上げ、開館準備をする。九時に図書館が開いたあとは、来館者の貸し出し手続きと新着本の整理をしながら、返却された本を書棚に戻していると一日が終わる。幹線道路から少し奥まったところにある図書館の中はほとんど音もなく、どこか浮世離れした静けさに包まれている。

「ちょっと……すんません」

　掠れた声に呼ばれ、一男は振り向く。ぼさぼさの髪に無精髭。ずいぶんと痩せた青年が頬を掻きながら立っていた。着ているトレーナーの首がだらしなく伸びている。浪人生かフリーターか。青年はあくびを噛み殺しながら訊ねる。

「金持ちになれる……みたいな本って、どこすかね？」

　あまりにも大雑把な問い合わせだが、この手の質問は少なくない。多くの人が〝何かの答え〟を求めて図書館にやってくる。

「それは……金持ちになるための実用書ということですか？」

　一男は、痩せた青年の足元に目をやる。白いキャンバス地のスニーカーはずいぶんと汚れており、その踵は踏みつぶされている。

「そう。それ的なやつ」

「そうですね……金持ちと貧乏人を比較したベストセラー、もしくはユダヤ人大富豪の教訓をまとめた本などが代表的なものかと思います。あと、ちょっと変わったところで言うと、長財布を持つとか、風水で黄色のものを集めるとか、そもそも金持ちと結婚してしまう方法、みたいなものもあります」二階を指差しながら、一気に答える。「ビジネス書コーナーのBの棚に関連した本がたくさんありますので、探してみてください」

痩せた青年は、あざすと下を向きながら呟く(つぶや)と、階段をゆっくりと上っていく。一男はその猫背をぼんやりと見送る。

彼が「ビジネス書コーナーのBの棚」にある本を読んで金持ちになれる可能性はどのくらいだろうか。世の中にあふれる「金持ちになれる本」。無数のベストセラー。それらを読んで、本当に金持ちになった人間が何人いるのだろうか。けれど毎日多くの人がその手の本を借りていく。まるで宝島の地図を求めるかのように。

間の抜けた音で、図書館のチャイムが鳴る。大きな掛け時計が、五時ちょうどを指していた。一男は最近隣町の図書館から異動してきた同僚に挨拶をすると、カウンター裏にかけてあった紺色のダッフルコートを羽織り、小ぶりのリュックサックに荷物をまとめて図書館を後にした。最寄りの駅から電車に乗って三十分。郊外の小さな駅を降りて、駅前の牛丼屋で簡単な食事を済ませる。それから暗い川沿いの道を十五分歩き、銀色の鉄板で覆われた巨大な工場に入った。

縦長のロッカーが一列に並んだ狭い更衣室で白衣に着替え、大ぶりなマスクをし、頭にビニールのキャップをかぶる。ベルトコンベアの前に立ち、次々と流れてくる生地の断片を丸めてパンの形にしていく。同じ格好の人間が一列に並び、定められた時間差で手を動かす様は、風変わりなダンスのようにも見える。途中一時間の休憩を挟み、ひたすらベルトコンベア上のパン生地を丸め続ける。とめどなく続く単純作業。むせ返るような酵母の匂いが、強烈な眠気と相まって意識を混濁させていく。次第に自分がパンで、パンが自分のような気がしてくる。

弟が、妻とふたりの子どもを残して突然消えたのは二年前の大晦日(おおみそか)だった。悪いニュースには、さらに悪いニュースがつきもので、弟には三千万円の借金まであった。そのことを知った一男は、借金を肩代わりした。

お金の問題が、家族のバランスを大きく崩した。いままでやりくりしてきた妻との価値観の違いが、借金をあいだに挟み、次々と露呈した。半年後、妻はひとり娘を連れて家を出て行った。彼女は百貨店で働いており、ある程度の収入があった。それから一年半にわたる別居生活が続いている。

一男は借金返済のために昼は図書館司書として働き、夜はパン工場のベルトコンベアの前に立つ。合わせて月に四十万円弱の収入。妻と娘、そして自分の生活費以外の二十万円を借金返済に充てる。利子も合わせての完済は、三十年以上先になる。

　借金生活が始まってから、一男は取り憑かれたようにお金にまつわる本を読み漁った。苦境から抜け出す方法を、図書館から見つけようとした。哲学者、神学者、経済学者。投資家、映画監督、詩人。あまたの偉人や大富豪が、お金にまつわる名言を残していた。そのいずれもが示唆に富んでいたが、彼らの人生を調べてみると、例外なく皆がお金に振り回されていた。どんなに賢い人間でも、それをコントロールすることはできない。そのことに気づいた一男は、目の前のすべてを労働で埋めることにした。そうすれば、お金に対する恐怖と欲望から逃れられるような気がしていた。もっと効率のよい稼ぎ方があるだろうにと、友人たちに助言された。けれど、この昼も夜もない生活が、降り掛かった悲劇を紛らわせてくれていた。

「貨幣とは、奴隷制度の新しい形だ」

　大作家でありながら清貧を貫いたトルストイは、お金との決別を宣言した。だがここにも、隠された事実がある。彼の妻は極度の浪費家で、夫婦生活は絶えず喧嘩ばかりだった。八十二歳の彼は耐えかねて家出をし、真冬のロシアの街を三日三晩歩き通した末に、駅舎で倒れ息を引き取った。

　一男もトルストイと同じだった。どんなに目を背けても、お金の奴隷であることに変わりはなかった。

仕事を終えた一男は、真っ暗な裏口からパン工場を出る。瞬間、吐く息が白くなる。安物の腕時計を見ると、三時を過ぎていた。眠気と疲労で体は重く、自分の体ではないようだった。工場の隣にある寮に向かって、砂袋を引きずるような足どりで歩き、鈍い金属音を立てながら階段を上がる。二階に並ぶ薄い木製のドアを開けると、黒と白とグレーのマーブルが美しい子猫が目を覚まして、一男の足元にすり寄ってきた。

工場の裏手に住み着いている野良猫が、先月たくさんの子猫を産んだ。休憩時間に覗きにいくと、一匹の子猫と目が合った。猫を飼う余裕は到底なかったが、気づけば家でミルクを与えていた。

「ちょっと待ってて、マーク・ザッカーバーグ」

一男は、若くして億万長者となった男の名前を冠する子猫にキャットフードと水をやる。ずいぶんとかわいらしいＩＴ長者が食事に夢中になっているすきに、部屋を出て共有スペースにあるシャワーを浴びた。外を歩いて部屋に戻ってくるまでのわずか数十秒で、濡れた髪の毛が氷のように冷たくなっていた。急いで湯を沸かし、インスタントの珈琲を淹れる。買い置きしていたバナナと、工場から支給された食パンで朝食を済ませテレビのニュース番組を見ていたら、ガクッと電池が切れるかのように眠ってしまった。

お笑い芸人の笑い声で目が覚めた。昼のバラエティ番組が始まっている。貼り付けたような観覧客の拍手がリフレインされる。慌てて時間を確認すると、十一時を過ぎていた。「いけない！　いってくるよ！」一男はザッカーバーグの頭を撫でながら立ち上がると、めったに着ることのないチャコールグレーのスーツをクローゼットから慌ただしく取り出した。

お、めずらしい。慣れない手つきでネクタイを締め、革靴を履き、寮の部屋を出た。隣の部屋に住む老齢の同僚がすれ違いざまに声をかけてくる。寮は禁煙なのだが咥えタバコをして、銀歯だらけの口内を見せながらにやりと笑う。

「どうしたマジシャンみたいな格好して。パーティでもいくのか？」

「え、いやあのちょっと約束があって」

「デート？」

「まあ、そんなとこです」

ちゃんと履けていない靴のつま先を打ちつけながら、逃げるように階段を降りる。楽しんでこいよ。同僚は片手に持った競馬新聞を旗のように振る。声に応えるように手をあげると、一男は駅に向かって駆け出した。

青と緑の景色が、次第に灰色になっていく。電車に揺られ三十分が過ぎると、高層ビルが陽の光を遮り、断片的な光を車内に届けていた。レンガで覆われた都心の駅で降り、長い歩道を歩く。アーケードの先にある石畳の通りを抜けると、フランス邸宅風の高級レストランが姿を現した。漆黒の大きなドアに、磨かれた大理石の床。一男がたどたどしく予約した名前を告げると、お連れ様がお越しになっていますと、タキシードに身を包んだ長身の店員が微笑んだ。

店の中に入ると、甘いバターの香りがした。落ち着いた薄紫色の内装でまとめられた店内には、テーブルが十五ほど。質の良さそうな生地で仕立てられたスーツやワンピースで着飾った客が、囁き合うようにワインやシャンパンのグラスを傾けていた。そのなかに少女の姿を認めて、一男は思わず笑みを浮かべる。

「まどか、待たせてごめん」

一男は足早にテーブルに近づき、背の高い椅子に座った。まどかは赤いリュックサックを背負ったままで、床に届かないその足を揺らしている。

「遅いよお父さん。あと三分待っても来なかったら、帰ろうと思ってたとこ」

まどかは母親似の薄茶色の目で、一男を睨む。多くの父親がそうであるように「なかなかの美人だ」と思っている。今日は、九歳の誕生日。まどかにひもじさを感じさせたくなかった一男は、奮発して高級フレンチでランチを予約した。コースは四千円、ふたりで八千円。一男が丸めているパン八十個分の値段だ。かつてマリー・アントワネットは貧困にあえぐ民衆に対して「パンがなければケーキを食べればいい」と言ったそうだが、食事の価値ほど分かりにくいものはない。一男がメニューを眺めていると「お飲み物はどうされますか?」と長身の店員がやってきて言った。

「あのお……」まどかは、メニューをじっと見て続ける。「水、持ってきてください」

「まどか……せっかくだからジュースとか飲みなよ」

「だってオレンジジュースが千円以上するじゃん。高すぎ。水でじゅうぶん」

家賃とか人件費もあるから高いんだよ、と説明しようかと思ったが、まどかの指摘が正論のような気もして一男は黙り込んだ。店員は困惑する様子もなく、爽やかな笑顔で
「本日はコースでよろしかったでしょうか?」と訊ねた。

「はい。四千円のコースで」と一男が言うのと同時に、まどかが重ねる。

「わたしコースいらない。ライスあります?」

〝ライス〟という言葉がこの空間に不調和に響いたのか、隣のテーブルの老婦人がこちらを見た。一男はまどかに顔を寄せる。

「ファミレスじゃないんだから」

「いいじゃん。ライス食べたいんだもん。それにコースも高すぎ」

「でもライスなんてメニューのどこにも書いてないし」

「そんなの聞いてみなきゃわかんないじゃん」

まどかは相変わらず足を揺らしながら悪びれない様子だ。一男はまどかから店員に視線を移す。申し訳ないですと、目で訴えた。「かしこまりました。シェフと相談してき

ますね」。店員は先ほどと変わらぬ笑みを見せ、メニューを回収すると音も立てずに去っていった。

　数分後、オードブルとなるルッコラのサラダは一男の前に、その向かいにライスが盛られた皿が置かれた。店員がまどかに小さくウィンクすると、まどかも笑みを返す。今日最初の笑顔が、自分にではなく長身の店員に向けられたということに気落ちしながらナプキンを膝の上に広げる。すると、まどかは赤いリュックサックの中から〝ドラえもん〟が描かれたふりかけを取り出した。そのまま袋の口をあけると、ライスにかけて食べ始める。シャクシャクシャク。店内に流れるクラシック音楽のリズムに合わせるかのように、まどかの咀嚼（そしゃく）音が響く。周りの着飾った客たちが、微笑みながらその姿を見る。迷惑そうに眉間にしわを寄せたり、軽蔑の眼差しを向ける客はおらず、それがかえって一男を居心地悪くさせた。

「まどか、最近どうだ？」

　気分を少しでも変えようと、一男はサラダを頬張る。ドレッシング代わりにかかったオリーブオイルの香りが鼻にせり上がってくる。

「何が？」

　まどかが、ふりかけごはんを頬張りながら顔を上げる。〝おかか味〟と書かれた派手なブルーの袋が、丁寧に並べられたナイフやフォークの横に置かれている。

「学校とか。楽しいか？」

「普通」

「友達たくさんできたか？」

「まあまあ」

「母さんはどうだ？」

「どうって？」

「元気か？」

「元気」

毎朝手を繋いで歩き、夜は一緒にお風呂に入り、ベッドで添い寝をしていた。共に暮らしていた時のまどかは、目に入るものすべてに興味を持つ子どもだった。これはおいしい、あれはきれい、あそこはこわい、ここがすき。けれども今は娘と言葉を紡ぐことすらできない。ロッククライマーが次に挑むべき岩の在処(ありか)を求めるように話題を探るが、どうにも会話が続かない。滑落寸前の一男は、助けを求める気持ちでまどかに訊ねる。

「そういえば発表会……そろそろかな？」

「うん。ひと月後」

「どんな曲で踊るの？」

「亡き王女のためのパヴァーヌ」

「なんだっけそれ？」

「ラヴェル。とってもいい曲だよ」

「こんど聴いておく。練習大変か？」

「大変」ふりかけごはんを半分ほど食べ終わったまどかは、口元をナプキンで拭きながら答える。「でも楽しいよ。バレエ」

　去年の発表会に一男は行かなかった。今年は遠慮して欲しい、と妻からはっきりと告げられた。バレエ教室にはなじみの友人も多く、別居の噂もすでに広まっていた。仲が良い家族を装って参加することもできたのだが（そして実際はそういう家族も多いのではないかと思うが）、妻は昔から嘘をつくことが苦手だった。

「今年も母さんは行くのかな？」

「たぶんね。でも仕事忙しいから分かんないけど」

「そんなに忙しいのか……家でさみしくないか？」

「だいじょうぶ」

　うつむいてコップの水を飲むまどかを見ていたら、胸が痛くなった。お金さえあれば、娘にさみしい思いをさせなくて済んだのに。あのとき、借金の肩代わりを申し出なければよかったのかもしれない。でもほとんどの正解は、取り返しがつかなくなってから気付くものだ。

長身の店員が、じゃがいもの冷製スープを運んできた。食べる？　と一男が訊ねるとまどかは小さく頷き、ふりかけごはんを食べながらスープをすすった。そのあとマトウ鯛のポワレや、牛ヒレ肉のステーキなどが運ばれてくるたびに一男は勧めたが、まどかはほとんど口にしなかった。内緒で用意したケーキにもまったく驚かず、サプライズは失敗に終わった。

「誕生日プレゼント、何が欲しい？」

一男は皿に残ったいちごをフォークで刺すと、そのまま口に入れた。ケーキの生クリームは甘さ控えめで、あっという間になくなってしまった。

「うーん。まだ決めてない」

まどかも最後まで残していたいちごを食べた。「まどかの顔はわたしに似ているけれど、食べる順番とか口癖はあなたによく似てる」

妻に言われた言葉を思い出した。

「遠慮しなくていいんだよ。お父さん、まったくお金がないわけじゃないんだ」

「でも返さなきゃ……でしょ。借金」

「まあそれはそうだけど、まどかが気にすることじゃない」

「……別に欲しいものなんかないよ」

「そっか……じゃあ見つかったら買おうな」

まどかは頷きながら〝Happy Birthday まどか〟と描かれたチョコレートプレートを齧る。〝ま〟の字だけがプレートに残された。

西日が差し始めた石畳の道は、家族連れであふれ返っていた。休日の午後。走り回る男の子を父親が追いかけ、泣き出した赤ん坊を母親が抱きあげる。都心の高級住宅街に住んでいる家族たちの合間を抜け、小さく揺れる赤いリュックサック。うつむき黙ったままで歩く娘を後ろから見ていると、このまま一緒の家に帰るのだと錯覚する。

駅ビルに入ると、人波がふたりを置いてけぼりにするかのように、早回しで流れていく。別れの時間は近い。そのことを分かっていながら、言葉が出てこない。ショッピングフロアの入り口では福引きをやっていて、買い物袋を下げた客が列をなしていた。三千円相当の買い物をすれば、一回の抽選ができる。〝豪華賞品〟の写真が載った大きなボードが掲示されていた。一等は四泊五日のハワイへの旅。

まどかが、ボードを見て足を止めた。

「ハワイ、行きたい?」

一男が訊ねると、まどかは首を横に振る。彼女の視線の先を追ってみると、ハワイではなく三等の景品に向いていることに気付く。エメラルドグリーンの自転車だった。

「新しい自転車、欲しいのか?」

「……べつに」

「福引き、やろうか」

「いいよ。無駄なもの買わなくちゃいけないし」

最初の自転車を買い与えてから、もうすでに四年は経っているはずだ。窮屈そうに小さな自転車のペダルを漕ぐまどかの姿を想像すると、申し訳ない気持ちになった。

「もしよかったら、どうぞ」

突然、横から声がした。福引き会場の前で動かない一男たちを見かねてなのか、老婦人が福引き券を差し出してきた。

「いや、いいんです。すみません」一男は慌てて手を振った。「ただ、気になって見ていただけなんで」

「いえいえ。どうせ私が引いても当たらないから」老婦人はハズレの景品として山積みになっているポケットティッシュを見やりながら笑う。「八十年間生きてきて、今まで一度だって当たりゃしない」

彼女はこれまで、何回くじを引いてきたのだろうか。思い返すと、一男も福引きで大当たりをした記憶がなかった。この老婦人と同じように、ポケットティッシュを持ち帰るのが常で、当たったとしても百円分の買物券程度だった。

「じゃあ、遠慮なくいただきますね」

一男が福引き券を受け取ると、隣でまどかも頭を下げる。ありがとうございます。グッドラック！　老婦人は、まどかの頭を撫でながら声援を送ると、エスカレーターを降りていった。

蛇のようにうねる長い列の最後尾に並び、順番を待つ。ときおりカランカランと甲高い鐘の音が鳴り、それなりの賞品が誰かに当たったことを告げていた。そのたびに、自転車が当たってしまったのではないかと気が焦る。

ハワイ旅行や高級家電が当たる人生とは無縁であると、自然に受け入れるようになっていた。そもそも福引きでハワイに行った人になんて、出会ったことがない。それなのに毎回何も考えずにチャレンジし、あたりまえのようにティッシュを受け取って帰る。

一男はふと思った。金持ちと貧乏人の差とは、福引きにすら現れているのかもしれない。ティッシュしか当たらないと思っている自分には、一生それしか当たらない。ハワイ旅行が当たることを明確にイメージできる人間が、きっとそのくじを引き当てるのだろう。

まどかに袖を引かれ、我に返った。目の前に、法被(はっぴ)を羽織った男がいた。片手には当せんを告げる鐘。一男は法被の男に福引き券を手渡し、八角形の箱のハンドルに指をかける。まどかやる？　と振り返ると、まかせたと娘が呟く。一男は明確に〝エメラルドグリーンの自転車〟を念じ、ハンドルに力を入れた。ぐるりと大きく回す。ガラガラと木箱の中で無数の玉が動き回り、黄色の玉が鉄のプレートに転がり落ちた。

「四等出ました！」カランカランと、勢いよく鐘が鳴る。

一男がボードを見やるのと同時に、法被の男が叫んだ。

「宝くじ十枚！」

「ごめんな……自転車当てられなくて」

一男が呟くと、ジングル音が駅のホームに響いた。アナウンスが、まもなく電車が駅に到着することを告げる。

「……いいよ別に」まどかは表情を変えない。「ていうか、本当に当てるつもりだったの？」

「いちおうね。本気で念じてみた。でも当たるはずがないよな……」

一男は苦笑しながら、深いため息をついた。息があっという間に白くなり、紫色の空に溶け込んでいく。

まどかがそっと一男の手を握った。柔らかくて、温かかった。驚いて見ると、まどかは恥ずかしそうにうつむいている。すっかり大人じみてしまったと思っていた娘の手はまだ小さくて、毎日手を繋いで歩いていた頃の記憶を呼び起こした。

この娘は赤ん坊の頃から、いつだってお見通しだった。一男が喜んでいること、悲しんでいること、悔しかったこと。そして落ち込んでいるときにだけ、とびきりの優しさをくれる。一男は、まどかより少しだけ強い力でその手を握り返した。

「今度まどかが気に入ったものがあれば、買ってあげるからな」

「そんなに頑張らなくていいよ。お父さん、そういうキャラと違うし」

まどかがうつむいたままで答えると、銀色の電車がホームに滑り込んできた。じゃあね。赤いリュックを揺らしながら、まどかが小走りに電車に駆け込んだ。ドアがぷしゅうと閉まるその間際、「誕生日おめでとう!」と一男は叫んだ。閉まったドアの向こうで「ありがとう」と口元を動かし、うっすらと微笑む娘がいた。


冷え切った暗い部屋で、煌々(こうこう)と光るノートパソコンの画面を見つめていた。穴が開くほど画面を見つめ、大きく深呼吸をして、パソコンの電源を落とす。さらに冷たい布団にもぐる。事件が起きていた。枕元では、マーク・ザッカーバーグが丸まって眠っている。一男は目をつむり、子猫の小さな寝息に合わせて呼吸をする。けれども、眠れない。一時間ほど寝返りを繰り返したのちに、起きてパソコンを立ち上げ、画面を見つめる。もう今日だけで十回以上同じ動作を繰り返している。

宝くじが、当せんしていた。

三億円。パソコン画面の中で、九桁の数字が明滅している。手元にある宝くじに書いてある番号と、画面に表示された当せん番号を見比べてみた。何度見直しても、間違いない。「サンオクエン……サンオクエン」と呪文のように繰り返し呟く。何度もその数字を反芻することで、気持ちを落ち着かせようとした。けれども、その数字の羅列がどうしてもお金と結びつかない。

もしあの老婦人が、このことを知ったら後悔するだろうか。八十年間生きてきて、福引きでティッシュを引き続け、最後の最後に三億円の宝くじが待っていたはずだったのに。ああ、こんな悲劇ってあるかしら。けれども、誰かがチャンスを逃しているからこそ、誰かには幸運が訪れる。貧乏人がいるから、金持ちが存在しているのと同じように。とにかく落ち着け。そうひとりごちながら、パソコンのトップサイトにある検索窓に「宝くじ」および「当せん者」と入力し、同類の姿を求めてクリックをする。

宝くじ当せん者たちのその後の悲惨な人生

いきなり最上段に表示されたページタイトル。慄きながらクリックを繰り返すと、修羅場、バレる、家庭崩壊、失業、詐欺、失踪、死亡とネガティブワードが並ぶ。宝くじの検索が導いた先には、悲劇が列をなしていた。

宝くじで大金を手に入れたばかりに仕事がうまくいかなくなり、妻と離婚し刑務所に入るまで落ちぶれたトルコの大工。親戚や友人にたかられてお金を貸し続け、しまいには行方不明になり白骨死体で発見されたドイツの郵便配達員。わずか十五歳で当せんしたのちに豊胸手術や整形手術を繰り返し、最後はドラッグに溺れて破滅してしまったアメリカの女子高生。

「うまくお金を使うことは、それを稼ぐのと同じくらい難しい」

世界一の金持ちになったとき、ビル・ゲイツは言った。その言葉が真実であることを証明するかのように、インターネットの中には世界中の宝くじ高額当せん者の悲劇が溢れていた。

「ほとんどの宝くじ高額当せん者は十年後、元の生活に戻っている」。絶望的な言葉で締めくくられているこのページには三百万件を超える閲覧記録があり、この不幸なサイトを〝お気に入り〟にしている人が五百人もいた。かくして一男は、極めて具体的なかたちで「他人の不幸は蜜の味」の意味を知ることになった。

日本のサラリーマンが生涯に稼ぐお金は、三億円と聞いたことがある。それを一瞬にして手に入れてしまった。一男が朝も夜も働いて手にする賃金が、年間五百万円。その六十年分がこの一枚の宝くじの中にある。SF小説のようだった。半世紀分の人生のワープ。当然ながら、ただで済むわけがない。どんな物語でも、ワープやタイムトラベルをした人間は、その代償として災難に遭う。パソコン画面の中の文字が滲んだと思ったら、そのまま床に倒れ込むようにして眠りに落ちた。

マーク・ザッカーバーグがみいみいと鳴きながら、シャツの襟を引っ掻く音で目を覚ました。時計を見ると、八時半を過ぎていた。仕事に行かなくてはならない。けれども頭は重く息苦しかった。こんなに混乱した状態で、まともに働くことなどできないように思えた。一男は図書館の同僚に電話をかけ、自分の代わりに出勤してもらうよう頼み込んだ。

電話を切ると、一男は宝くじをポケットに入れて部屋を出た。足音を立てないようにゆっくりと階段を下り、寮の門から外に出ると、一気に駆け出した。足を大きく踏み出しながら、川沿いの道を走る。心が震え、暴れ出し、ひたすらに「走れ」と命じていた。足の裏が熱くなり、胸が苦しくなってくる。それでも走るのを止めることができなかった。

駅前にある青色の看板を掲げた銀行に走り込む。息を切らしながら、受付窓口に向かい宝くじを差し出した。若い女性行員は静かにそのくじを受け取ると、小さな箱型の機械に入れた。モニターに当せん額が表示される。覗き見ると、液晶画面に数字が浮かび上がっている。三億円。何度見ても実感が湧かない九桁の数字を呆然と眺めていると、「ちょっとお待ちいただけますか」と女性行員が声を潜めて席を立つ。彼女はおぼつかない足取りで、カウンターの奥に座っている太った男性行員の元に駆け寄った。

個室で待っていると、スーツを着た白髪の男が笑顔で入ってきて名刺を差し出した。そこには支店長とあった。続けて先ほど奥に座っていた太った男性行員が「おめでとうございます！」と威勢良く名刺を渡してきた。色々と肩書きが書いてあったが、彼が課長であるということだけを理解することができた。

「それで早速のお願いで申し訳ないのですが」支店長は一転、真顔になって言う。「このたびは百万円以上の当せんということで、鑑定作業が必要となっておりまして……」

「鑑定っていうと？」

一男はおしぼりで手を拭き、煎茶に口をつける。誰が置いたのだろうか。いつの間にか、目の前にそれらがあった。

「こちらの宝くじを、本店に送りまして鑑定をさせていただくんです。結果は、一週間以内にお知らせいたします。まずはこの書類を書いていただけますか？」

支店長が〝高額当せん券預かり証〟と書かれた紙を差し出す。

「あと、一千万円以上の当せん者の方にはこちらをお渡ししております」

課長が、その隣に文庫本ほどの大きさの冊子を置いた。『【その日】から読む本』と書かれた表紙。晴れがましい笑顔で上空を見上げる人々のイラストが描かれている。宝くじ当せん者が天から選ばれた人間だと言わんばかりだ。

当せん、おめでとうございます。今あなたは、突然訪れた幸運に驚きと喜びを感じているることでしょう。同時に初めての経験を前にして、少しばかり不安をおぼえているかもしれません。本書は、そんな不安や疑問の解消に役立つよう、弁護士、臨床心理士、ファイナンシャルプランナーといった専門家のアドバイスを得て作成されたものです。内容的には、当せん直後から徐々にやっていくべきことが順を追って書かれています。

丁寧なのか突き放しているのか、よく分からない序文。そのあとに「安全のため、当せん金は銀行等の口座へ」「絶対に必要でない限り、現金は持ち帰らない」「ちょっと待て、落ち着いてからでも遅くない」「当せん直後は、興奮状態にあるという自覚を」「自分の性格やクセを見つめなおそう」「神経質になりすぎていないかチェックを」「当せんは、幸せになるための手段の一つだと思うこと」「もしものときのために遺言状を作る」など、当せん者の心得が箇条書きで続く。まるで何かの哲学書か自己啓発本を読んでいるような気持ちになってくる。

「当せん金の使い道は、ゆっくりご検討されたほうがよいかと思います」一男がひと通り冊子に目を通したのを見計らって支店長が話し出す。「失礼を承知で申し上げますと、宝くじの高額当せん者の方々は往々にして混乱されています。そしてそのまま、浪費されてしまうことが多々ございます」

「……きっとそうなんでしょうね。宝くじの高額当せん者の多くが不幸になるってサイトに書いてありました」

「一概にそうとは言えないのですが、まったくの嘘とも言えません。急に生活が変わって最後には借金を背負ってしまう方や、ご友人からの嫉妬や金の無心に悩まれる方も多いのです。詐欺や強盗に遭われる方もいます。無闇に口外してはいけません」

宝くじが当せんすると親戚や友人が急に増える、とはよく聞く話だ。密閉された部屋のゴミ箱から、なぜかハエが湧いてくるのと同じように、それは避けられないことに思える。いかなる人物にも相談してはいけない、と警告するような目を一男に向けながら支店長は続ける。

「ゆっくりと時間をかけて、わたくしどもと一緒に運用プランについてご検討されることをお勧めします。当行には優れた定期預金のプランがございます。こちらは投資信託です。生命保険や個人年金なども多数ご用意しております。お客様のニーズに応じて、わたくしどもが親身になって相談に乗らせていただきます」

支店長の言葉に合わせて、課長がパンフレットをテーブルに並べていく。完璧なタイミング。修練の末に完成された芸のようだった。あっという間に一男の目の前は、金融商品の紹介文だらけになった。

素直に言うことを聞くべきだと思った。お金のプロである銀行員たちの言うことなのだ。間違うことはまずない。「分かりました。まずは預金しようと思います」。一男は支店長の目をじっと見つめながら答えた。

右奥から二番目の席に座り、どんぶりのメニューを眺める。朝から何も食べないまま銀行に行き、気付けば夕方になっていた。財布の中を見ると、所持金は二千八百円。いつもなら一番安い豚肉のどんぶりを頼むところだが、今日は牛肉大盛りを選んだ。味噌汁も、お新香も、卵も頼んだ。サラダまでつけた。その豪華メニューを一気に平らげて会計を済ませる。いつもの倍の値段だったが、それでも千円を超えることはなかった。

牛丼屋を出ると、はす向かいにあるスーパーマーケットに入った。黄色のかごを持ち、乳製品の売り場に行く。行儀よく並んでいる牛乳パックたち。一男は白地のパックにブルーの文字が描かれた清潔感のあるデザインのものを手に取った。何度か特売のときに買って、おいしいと思っていた牛乳。いつもよりプラス八十円の贅沢。それからパンの売り場に行き、イングリッシュ・マフィンを買う。工場からもらって来る食パン以外を食べるのは久しぶりだ。マーガリンではなくバター。椎茸も中国産ではなく国産をカゴに入れた。バナナもちょっと奮発して、台湾産のものにした。

「お金は鋳造(ちゅうぞう)された自由である」

かつてドストエフスキーは言った。お金で幸せを買うことはできないかもしれない。

だが少なくとも、自由を手に入れることはできる。好きなことをする自由。嫌なことをしなくて済む自由。

高層マンションに住み、高級外車を乗り回したいと思ったことなどなかった。それが幸せな生活だとは思えなかった。借金を背負い、貧しさの中にあっても、負け惜しみでもなくそう思っていた。けれど三億円のお金を手にした今、一男は自由を得たことに気づいた。安い牛乳ではなくおいしい牛乳を買い、無料のパンではなく好きなパンを食べる自由を。同時に、その程度のことだったのかと愕然とした。ドストエフスキーが説いた「お金が与える自由」というのは一男にとっては、牛乳やパンのことでしかなかった。

寮のドアを開けるなり、ザッカーバーグが足元に寄ってきた。一男はキャットフードと買ったばかりの〝おいしい〟牛乳をそれぞれ皿に入れると、パソコンを立ち上げ、検索窓に「大金」そして「使い道」と入力し、クリックする。

「もし大金が手に入ったら」「金持ちのお金の貯め方」「面白いお金の使い方を話そう」。次々と現れる文字列の中のひとつに、一男は目を留める。

億男たちの金言

大仰なタイトルの掲示板サイトだった。そこでは億万長者や偉人が語ったお金の名言が、さながら大喜利のように展開されていた。

「私にはこれから一生やっていけるだけのお金がある。何も買わなければ」「お金は良い召使いでもあるが、悪い主人でもある」「私の人生に一番影響を与えた本は、銀行の預金通帳だ」「金は肥料のようなものだ。ばらまけば役に立つが、一ヶ所に積んでおくと悪臭がしてくる」。

数々の〝億男〟たちの言葉を眺めながら一男は思った。これだけの金言が存在し、それを皆が共有しているのにもかかわらず、人間はいまだにお金の問題を解決できていない。図書館で「金持ちになる本」を探していたあの青年のように、ほとんどの人間が金持ちになることができず、仮に富を得たとしてもそれに振り回される。

一男も昨日までは同じだった。けれども三億円を手に入れた今になって初めて、それらの言葉の真意がつぶさに分かる。自分も〝億男〟になったのだ。「地獄の沙汰も金次第」。黙阿弥の言葉を見つけて、思わず苦笑いする。仮に彼の言うとおりだとするならば、妻や娘とやり直せるのかもしれない。お金によって失った幸せを、お金で買い戻す。

一男は携帯電話を取り出し、妻の電話番号を検索した。「宝くじが当せんしたんだ！三億円だ！　借金なんてすぐ返せる。家だって車だって買える。海外旅行だってどこにでも行ける。とにかくまずは家族みんなでフレンチを食べにいこう。鮨でも焼肉でもいい。みんなで揃ってお祝いしよう！」。すぐにでも伝えたかったが、発信ボタンを押すことができなかった。

お金をめぐって生まれた二年間の溝。その空白を埋めるためには、落ち着いて頭と心を整える必要があった。勢い込んでお金を持ち帰っても、うまくいかないことは分かっていた。一男は携帯電話をデスクに置き、パソコン画面に目を戻す。そして掲示板の最後の言葉に目を留めた。

人生に必要なもの。それは勇気と想像力と、ほんの少しのお金さ。

チャーリー・チャップリン

一男は思い出した。この言葉を教えてくれた男のことを。最初で最後の親友。相談するのならば、彼しかいないと思った。だが、ためらう気持ちが一男を縛り付けていた。あの日から彼とは会っていない。連絡すらとっていなかった。

けれども今、チャップリンの言葉に後押しされ、懐かしい電話番号をコールした。彼と別れてから、十五年が経っていた。

九十九の金

「寿限無寿限無……五劫の摺り切れ、海砂利水魚の水行末」

古い教室に作られた小さなステージで、くせ毛の男がボソボソと始める。猫背でややうつむきがちなその体が、分厚い座布団に沈み込んでいる。

「雲来末、風来末……食う寝るところに住むところ……」

黒いスーツにグレーのネクタイ。一男と同じ、この大学の新入生だと思われる。和服を着た押しの強い先輩に連れてこられた教室で、落語を演らされている猫背の青年。不思議な光景だが、彼の佇まいに目が離せなくなっていた。

くせ毛の男は早口になっていく。背筋が次第に伸び、絡まった毛糸がほどけていくように言葉が明瞭になる。

「やぶらこうじのぶらこうじ、パイポパイポ、パイポのシューリンガン、シューリンガンのグーリンダイ、グーリンダイのポンポコピーのポンポコナーの長久命の長助くん、学校へ行かないかい？」

おお、と和服の男たちが唸る。かしこまって席に座っていたスーツ姿の新入生たちが微かに笑い出す。その声がさざ波のように、傾斜した教室に広がっていく。くせ毛の男は笑いが収まるのを待たずに、朗々と続ける。

「やあ金ちゃん、坊やを誘ってくれてありがとう。でもね、うちの寿限無寿限無五劫の擦り切れ、海砂利水魚の水行末、雲来末、風来末、食う寝るところに住むところ、やぶらこうじのぶらこうじ、パイポパイポ、パイポのシューリンガン、シューリンガンのグーリンダイ、グーリンダイのポンポコピーのポンポコナーの長久命の長助はね、まだ寝てるんだよ。今起こすから、ちょっと待っててておくれ。さあ起きて寿限無寿限無……」

　笑い声が次第に高まり、教室をふるわす。

　くせ毛の男はその波を受け、流しつつ、まるで歌うかのように演じきった。オチまでたどり着き、男が深々と頭をさげると、教室にいた先輩たちから割れんばかりの拍手と喝采が送られた。一男も、周りの新入生たちも思わず手を叩いた。

　ステージから下りた男は、あっという間に猫背でうつむきがちな姿に戻り、すごいな！　即戦力だ！　などと言いながら取り囲んでくる和服の男たちに、ほとんど聞こえない声でぼそぼそと返事をしていた。

　彼が入部届を半強制的に書かされ、和服の壁から解放されたところを見計らって一男は声をかけた。高校からの友人はこの大学にはひとりもおらず、いちから新しい友達を作らなければいけなかった。どうせなら最初は、今まで出会ったことがないような変わった人間と友達になると決めていた。目の前の二重人格者は、お題にぴったりだった。

「すごかったね、君の落語。落語なんて初めて聴いたんだけど、すごく面白かった」

「え？　あ、ありがと」

うつむいていた男は、その姿勢のまま黒目だけを動かして一男を見た。駐車場に停められている車の下からこちらを見つめる黒猫のような目だった。今からあなたのことを信用できる人間かどうかじっくりと見極めます。

「……君も、ら、落語研究会に入る？」

長い沈黙のあと、くせ毛の男は口を開く。いつでも逃げ出してしまいそうな気配を漂わせている。一男は慎重に言葉を選び、彼のスピードに合わせてゆっくりと話す。

「え？　うーん。その予定はなかったんだけど。なんか無理矢理この教室に連れてこられただけで落語のことなんてまったく分からないし、ましてや人前でしゃべるなんて」

「そ、そうだよね……」

「でも君はすごく上手だったよ。とても面白かったし、初めての僕から見ても素晴らしいと思った」

「ありがと。で、でも、あれは覚えてるだけだから」

くせ毛の男が、急にこちらを向き近づいてきた。その真っ黒な瞳に気圧（けお）されて、思わず目をそらした。気づけば教室には、一男と彼しかいなかった。遠くからチアリーダーたちが大学名を連呼する声が聞こえてくる。

「覚えているだけ？」

「め、名人のテープを全部丸暗記。アドリブのとこも含め、ぜ、全部ね」

「それでいいの？　落語って」

「ああ。下手にやるより、ぜ、全部丸暗記してそのままやったほうがいいんだ。特に僕みたいなタイプはね」

「へえ、そんなもんなの？」

「そんなもんさ。『学ぶ』の、ご、語源は『真似る』なんだ。どんなことも、まずは全部真似することからしか始まらない」

九十九（つくも）はこちらをじっと見つめたまま、右の口角を少しだけ上げた。それが彼にとっての笑顔だと分かったのは、ずいぶん後になってからだ。唐突に、ソースの匂いが鼻をつく。やきそばか、たこ焼きか。一男は外に屋台が並んでいたことを思い出す。

「ふうん……ほんと面白いね君は。ところで腹減らない？　一緒になんか食べようよ。えっと……僕は大倉一男」

「つ、九十九」

「つくも？」

「ああ。きゅ、九十九と書いて、つ、九十九と読む」

「そっか。よろしく九十九」

「こ、こちらこそ。一男くん」

九十九とふたりでやきそばとクレープを食べた後、一男は落語研究会の部室に向かった。驚くほど散らかったその部屋のべたつくテーブルで入部届を書いた。十九年前の春のことだ。


一男は文学部で、九十九は理工学部だった。一男が講義もそこそこに部室に駆け込み時間を潰していると、朝一から真面目に出席してきた九十九が夕方に合流する。それからふたりで暗くなるまで落語のビデオを見て、校舎の傍にある喫茶店のような内装の居酒屋で飲んで帰る。四年間ほぼ毎日、プログラムされた機械のように同じパターンを繰り返した。

九十九は先輩たちの期待どおり、見事な学生落語家として活躍した。三年生のときには落語研究会の中で最も笑いを取るようになっていた。一男は何度か挑戦したものの噺(はなし)はうまくならず、ほとんど客席側にいるだけだった。けれど九十九に誘われて寄席に行くうちに、落語の魅力に取り憑かれていった。

毎週のように寄席(よせ)に出かけた。古典落語から新作落語、新人から名人まで、気になった落語は片っ端から観た。一男は端的で分かりやすく笑える演目が好みで、九十九はほろりとくる人情噺が好きだった。上方落語も研究したいと九十九が言うので、夜行バスに乗り大阪まで出かけたこともあった。九十九は名人のテープを繰り返し聴きながら何度も真似て、技を磨いていった。

卒業公演では、一男は九十九ゆずりの「寿限無」を演り、九十九は十八番の「芝浜」で大トリを飾った。最終日には後輩たちが手分けして客を呼び込み、舞台のある教室は百人を超す観客で埋め尽くされた。そこで演じた九十九の「芝浜」は集大成とも言える完成度で、観客を沸かせた。だらしない亭主のためにひと芝居打った妻の最後の告白の場面では観客の多くが涙し、「よそう。また夢になるといけねえ」と九十九が締めのセリフを言って頭を下げると、会場中の観客が大きな拍手を送った。

四年間、一男と九十九は毎日のように共に過ごした。特にすることもなく、語ることがなくても一緒にいた。目的も事情もなく、ただ時間を過ごせる相手が親友なのだと、今は思う。一男にとって九十九は最初で最後の親友だった。そしてきっと九十九にとっても、それは同じだった。

「一男と九十九で足して百ってことだな。お前らふたりでようやく百パーセントだ」

落語研究会の仲間からはよくからかわれた。そのたびに一男は「確かに僕はたったの一さ。九十九に比べたらね」と自嘲した。九十九は落語の腕前も、学校の成績も最上級だった。プログラミングの才能は理工学部の中でも図抜けており、どこの企業からも引っ張りだこだと教授たちから言われていた。

「い、一がないと、ひゃ、百にはならないんだ」からかわれたときは、決まって九十九は一男に言った。「僕はひとりではチ、チケットも取れないし、道に迷って演芸場にもたどり着けない。大阪なんかにはぜ、絶対行けないし、部室にだってひとりじゃいられない。ぼ、僕らはふたり揃って初めて百パーセント。パーフェクトになるんだ」とても真剣な顔でそう繰り返した。

「分かったよ。でもみんな冗談で言ってるんだ。怒っても仕方がないだろ。おまえ真面目だな、ほんと」

一男は照れながら、九十九を諌めた。彼がむきになればなるほど、内心嬉しかった。空中ブランコに乗る曲芸師たちのように、堅い信頼関係で結ばれていた。確かに、あの頃の一男と九十九は、ふたり揃って初めて百パーセントだった。

地下鉄の駅で降り、大企業の広告で覆われた地下通路を歩く。平日の昼間にもかかわらず、若いカップルや制服を着た女子高生たちが行き交う。長いエスカレーターに乗って一男が地上に出ると、目の前には大木のように空に向かってそびえ立つ青い巨大なタワービルがあった。小さな旗を持って、ツアーコンダクターが中国人観光客を先導している。重そうなデジタル一眼レフカメラが、次々と青い大木に向けられる。

五回ほどのコール音のあと、九十九の声が聞こえた。昨夜の九時半。幸い電話番号は変わっていなかった。一男から電話がかかってくることをあらかじめ知っていたかのような、落ち着いた口ぶりだった。部屋の中でひとりなのか、周りは驚くほど静かだった。十五年ぶりの会話だったが、何かを懐かしんだり、お互いの近況を報告しあうことはなかった。ただ一男は「相談がある」と告げ、九十九は「家まで来てよ」と答え、住所だけを伝えて電話を切った。

指定された住所にあったのは、テレビや映画にたびたび登場するタワービルだった。ワンフロアの賃料が月に五千万円とも六千万円とも噂されている。ここに住んだとしたら、一男の三億円などたったの半年で消え去ってしまう。そんなお金の使い方も、この世界には確かに存在する。

外資の証券会社やコンピューター会社、弁護士事務所に不動産投資会社、バイオベンチャーやエステ、ゲームや学習塾の会社まで、様々な業種のオフィスが、ひしめき合うように入っていた。そのすべてが毎月数千万円の賃料を払っている。お金を稼ぐ方法は金融やＩＴ以外にもたくさんあるということを、ビルそのものが語っていた。それにしても、本当にこんな場所に九十九は住んでいるのだろうか。この十五年で、九十九の身に起きたことを想像すると身震いがした。

卒業後、落語研究会の仲間と集まることがあった。一男はほぼ毎回顔を出したが、九十九は一度も来ることがなかった。九十九の近況を訊ねられた一男が、卒業以来連絡を取っていないことを告げると、彼らはふたりの間に何かあったということを察し、それ以上質問を重ねることはなかった。

久々に会に参加した先輩から、九十九の話を聞いた。二期上の会長は落研のムードメーカーで、プロになれるほどの腕前だったが、大手の広告代理店に就職した。その後数年で独立し、携帯電話用のアプリを開発するベンチャー企業を立ち上げ大成功していた。九十九とは、若手経営者たちの交流会で偶然会ったのだという。卒業から十年が経っていた。

「どうでした？　九十九は」

一男が思わず前のめりで聞くと、すっかり大金持ちだよ、と言って元会長は笑いながら大きなビールジョッキに口をつけた。

「SNS系のネットベンチャーを立ち上げたらしいんだけど、それが大当たりしてるみたいよ。時価総額はもう一千億円を超えてるってさ」

「それじゃあ、ほんとに大金持ちだ」

「ああ。でもあいつ、全然変わんねえの。相変わらずおどおどして、猫背で」

「やっぱり、九十九は九十九ですね」

一男はすっかり乾いた枝豆を口に入れた。隣のテーブルで大学生たちが、騒々しい〝一気コール〟を繰り返している。体育会系のサークルだろうか。体の大きな男子学生が、両手に持ったグラスを交互に空けていく。ふと元会長が真顔に戻り、静かにビールジョッキを置いた。

「……でも違うか。やっぱり変わっちゃったのかもな。あいつ」

「どういうことですか？」

「九十九、なんだかつまんなそうだった。イライラしているように俺には見えた。あいつの周りにはよく分からない陽気な奴らがたくさんいて、みんなゲラゲラ笑ったり、手を叩いてはしゃいでいるんだけど、輪の中心にいるあいつだけがじっと黙ってうつむいてんだよ。誰とも目を合わせないし、ほとんど話さない。とにかく退屈そうに見えたな。お金はあるんだろうけど……あれ？　っていうかおまえ親友だったんじゃないの？」

「いや……すっかり疎遠で」

「まあそんなもんかもな、大学時代の友達なんて。でもお前と一緒にいたときの九十九は、ほんとにいつも楽しそうだったよ」

「そうですか？　あの頃だって、うつむいてボソボソ喋（しゃべ）ってただけじゃないですか。目なんてろくに合わせられなかったし」

「てめえらうるせえぞ!」カウンターで飲んでいた中年の酔客が、突然声を荒げた。慌てて店員がやってきて頭を下げる。「おめえも注意しろよ。このクソガキどもが!」酔客の怒りは収まらず、おしぼりや割り箸を店員に投げつける。大学生たちはすっかり勢いを削がれ、テーブルに乗っていた体の大きな男は音を立てずに椅子に座る。元会長は、その様子を眺めながら呟く。

「外から見えてるものと心の中が真逆のことなんて、いくらでもあるだろ。人間なんだから」

「そういうもんですかね?」

「そういうもんだよ。とにかく大学時代のあいつは楽しそうだったよ。お前はバカだな」

「え? そうですか?」

「ああバカだ。ずっと一緒にいてそんなことも分かんないなんてな」

そう言うと元会長は、笑ってビールを飲み干した。膝をついて立ち上がると、空のジョッキを片手に「久しぶりー! ビールくれ! ビール!」と声をかけながら、奥のテーブルによろよろと歩いていった。その後ろ姿を見ながら、一男は丸まった九十九の背中を思い出していた。あの頃、九十九は楽しかったのだろうか。自分は、どうだったのだろう。あれだけ一緒にいて、そんなことを考えたことは一度もなかった。

タワービルの中を、高層階に向けてエレベーターが昇っていく。窓から見えるミニチュアのような街並みをぼんやりと眺めていたら、ふいに元会長の声が蘇ってきた。「お前はバカだな」。その言葉が、耳の中で這いずり回っていた。

雲が並行して見えるフロアまで上昇したのち、エレベーターが止まった。一男はひとけのない廊下を右端まで歩き、その突き当たりの壁にかかっている電話型のインターホンを手に取る。数回のコール音の後、応答もなくがちゃりと切られ、ドアロックが解除される音が聞こえた。

コンクリートがむき出しのままの、だだっ広いフロア。その中心で、九十九が床に胡座をかいてノートパソコンを眺めながら、カップラーメンを啜っていた。膝元にはキャップがあけっぱなしのコーラのボトルが置いてある。部屋の中は暗く、九十九がいるあたりだけを背の高いスタンドライトが照らしていた。彼の背後には小さなテレビが置かれており、ニュースを読むアナウンサーの声がBGMのようにうっすらと流れている。大きな窓からは東京の街並みが見下ろせるはずだが、窓の前には無数のカップラーメンとコーラが規則正しく並べられ、壁のように日の光を遮っていた。その様は巨大な壁画のようにも見えた。

「い、いらっしゃい。一男くん」

　異様な空間を目の当たりにして言葉を失っている一男に、九十九が声をかけた。その声、その姿。黒猫のような目。落語研究会の小さな部室にいた九十九のままだった。あの頃も九十九は、いつもカップラーメンとコーラで食事を済ませていた。何もかもが変わってしまったようで、何も変わっていないような気がしてくる。

「ひさしぶり、九十九。相変わらずだな」

「う、うん」

「もう少しいいもん食べろよ。金持ちなんだろ？」

「食べるもので、な、悩みたくないんだ。疲れちゃうから。考えたくない」

「しかもこんなオフィスに、ひとり暮らしか？」

　一男は、壁際をゆっくりと歩きながら部屋を見回す。机も椅子も見当たらない。むき出しの床からいくつかの配線が出ていること以外は、そこがかつてオフィスであったことを知らせるものはなかった。

「もともとみんなでつ、使ってたオフィスなんだ。今は解散してひとり。引っ越すのが面倒くさいから、働きながら住んでるだけさ」

「……服も真っ黒だし」

「そうだね。同じ服をま、まとめて一年分買った。ね、ネットで。着たら捨てる。なくなったら買う」

九十九は音を立てずに、カップラーメンを啜る。口をさかんに動かしているが、味がしないものを噛んでいるかのように無表情だ。テレビからは、南米のどこかの国が豪雨に見舞われたことをアナウンサーが告げる声が聞こえてくる。

「すっかり大金持ちらしいな。覚えてるか？　あのチャップリンのセリフ。お前が教えてくれた」

九十九の黒目がこちらを向く。ようやく目が合った。けれども何を考えているのか、読み取ることができない。暗い部屋の中で、その瞳だけが妙に光って見えた。

「人生に必要なもの。それはゆ、勇気と想像力と、ほんの少しのお金さ」

「そうそう。しかしまあほんの少しじゃないな、お前は。いったいいくらくらいあるんだ？」

一男が精一杯の笑みを浮かべながら訊ねると、九十九はその細長い指でパソコンのキーボードをカタカタと叩く。言葉の代わりに甲高いタイプの音が、がらんとした空間に響く。

「今この時間だと、157億6752万9468円」

九十九は、早口で淀みなく数字を読み上げた。床に座っている九十九の姿が、かつて高座にいた彼に重なる。九十九は落語を演るときだけは、違う人のようだった。普段は吃(ども)って話せないが、高座に上がるとまるで別人のように明瞭になった。仲間たちから「ジキルとハイド」と揶揄(やゆ)されると、「なんでそんな風になるのか自分でも分からない」と首をかしげた。

一男だけが理由を知っていた。九十九は落語の名人たちのテープを毎日聞いて、同じように考え、近い場所からものを見ていた。「学ぶは真似る」。九十九は繰り返し言った。そうするうちに彼は、高座に上がるときだけは〝落語家〟になった。今も同じことが起きていた。九十九は、ずっと金持ちたちと同じように考え、行動し、莫大な資産を手に入れたのだろう。彼は〝落語家〟と同じように〝金持ち〟になったのだ。

十五年前のあの日。一男と九十九の関係は唐突に終わった。卒業間際、ふたりはモロッコの古都マラケシュへ旅に出た。そこで事件が起こり、九十九は人生におけるお金の決定的な選択をした。それから今まで、一男は九十九と会うことはなく、電話も、メールすらしなかった。ふたりの関係は、完全に変わってしまった。

「お金と幸せの答えを見つけてくるよ」

あの日、あの広大な砂漠で、涙が出るほど美しい朝日を見ながら九十九は言った。彼は一男から遠く離れた場所で生きていくことを決めた。そして一男は十五年の間ずっと、あの日の九十九の言葉を心の一番奥にしまい込んで過ごしてきた。

「なあ九十九……お金の正体は見つかったか？」九十九は無表情のままだ。何かを思い出しているのだろうか。じっとパソコンの画面を見つめている。しばらくの沈黙ののち、一男は続ける。「僕に、お金と幸せの答えを教えてくれるか？」

「一男くん。な、なにがあったの？」

「……三千万円の借金があるんだ。弟が残していった借金だ。何十年かかっても、働いて返していくつもりだった。だけど、もうその必要がなくなった」

「ど、どうして？」

「宝くじが当たった。今三億円ある。君にははした金かもしれないけれど、僕にとっては途方もない大金なんだ。でも、今どうしたらいいのか分からないんだ。ネットで調べたら、みんなが不幸になっていた。銀行でもさんざん警告された。こんなにたくさんお金があるのに、僕は今混乱している」

　九十九がようやくパソコン画面から目を離し、一男を見る。黒猫のような漆黒の瞳が、揺れているような気がした。テレビのニュースは引き続き、豪雨の被害を伝えている。水に沈んだ家の屋根に登り、助けを求める人たちの姿をカメラが映し出す。

「正解を教えて欲しいんだ。お金の使い方を、その先にあるはずの、お金と幸せの答えを知りたい」

「……分かった。ま、まずは座りなよ。一男くん」

一男は九十九と向かい合って床に座る。むき出しのコンクリートの床はひんやりとしていて、一男を不安な気持ちにさせた。スタンドライトがふたりの顔を均等に照らす。九十九は膝を正し、高座に上がったように背筋を伸ばす。

「君は、お、お金が好きかい？」

「もちろん好きさ。嫌いな人なんていないだろう」

「お金持ちになりたかった？」

「なりたくなかったと言ったら、嘘になる」

「じゃあ聞くけど。君は一万円札の大きさを知っているかい？」

思いがけない質問に一男は戸惑った。この噺がどこに行き着くのか想像できなかった。頭の中で福沢諭吉が縦になったり横になったりした。しばらく考え続けたが、見当もつかなかった。

「ごめん。九十九、分からないよ」

「縦76ミリ、横160ミリさ。重さは何グラムか知っているかい？」

「……分からない」

「1グラム。ちなみに一円玉も1グラム。一万円札と一円玉は同じ重さってことだ」

九十九の口調がどんどん明瞭になり、早口になっていく。絡まった糸がほどけるように。あのときの「寿限無」のように。

「ちなみに五千円札は縦76ミリで横156ミリ。千円札は縦76ミリで横150ミリ。五百円玉は7グラムで、百円玉は4・8グラム。五十円4グラム、十円4・5グラム、そして五円は3・75グラム」

「すごいな……九十九」

「どれも調べればすぐ分かることだよ。調べなくても、定規をもってサイズを測り、秤をもって重さを量ることなど五分もあれば済むことだ。一男くん。そこで君に言わなくてはならないことがある。つまるところ、君はお金が好きじゃないんだ。だって自分の体重や今日の夕飯は気にしているのに、毎日触れているお金の大きさや重さを測ろうともしていない。本当に興味があれば、お金のすべてを知ろうとするはずなんだ。どんな色で印刷されていて、何が描かれているか仔細に見るはずだ。だけど君は今までそんなものを見たことがないだろうし、知ろうともしてこなかった。つまり、君はお金に興味がないんだ」

　巧い落語を聞いているような気分だった。「良い噺というのは、僕らに人生を教えてくれる」九十九はよく言っていた。思えばお金のことを、何も知ろうとしてこなかった。親も教師も先輩も、誰も教えてはくれなかった。一男の心の整理を待たずに、九十九の新作落語は続く。

「君はお金を悪者にしてきたんだ。お金を持つと不幸になる。お金で買えない幸せがある。そんな言い訳をして、逃げ回ってきたんだ。だから君は、お金の大きさも、重さも、何も知らない。好きでもないものが、向こうからやってくるはずがない。君が金持ちにならなかったのは、才能がなかったからでも、運がなかったからでもなく、金持ちになるためにするべき、あたりまえのことを何もしてこなかったからなんだ」

一気にまくしたてると、九十九は興奮を吐き出すように大きくため息をつき、コーラを喉を鳴らしながら飲み、カップラーメンの残りを啜った。

「ねえ一男くん。福沢諭吉の『天は人の上に人を造らず、人の下に人を造らず』ってやつ、知ってるかい？」

「ああ、『学問のすゝめ』だろ」

「あれ、人間はみんな平等だよみたいなことを言ってると思ってるよね」

「そういうことじゃないの？」

「違う」

「違う？」

「その後にある文章を知ってるかい？」九十九は無表情のまま、一気に諳（そら）んじる。「されども今、広くこの人間世界を見渡すに、かしこき人あり、おろかなる人あり、貧しきもあり、富めるもあり、貴人もあり、下人もありて、その有様雲と泥との相違あるに似たるはなんぞや。その次第はなはだ明らかなり。『実語教』に、『人学ばざれば智なし、智なき者は愚人なり』とあり。されば賢人と愚人との別は学ぶと学ばざるとによりてできるものなり」

「……で、どういうこと？」

「身分の貴賤上下は生まれながらのものではなく、学問の有無によるということさ。だから、僕はお金のことを隅から隅まで勉強した。お金に振り回されないために稼いだ。お金のことを何も知らないくせに金持ちになるなんて、一万円札になる人が許すはずがないのさ」

九十九は真顔のまま右の口角を少しだけ上げた。笑っているのだ。けれどもなにが可笑しいのか一男には分からなかった。テレビのニュースは切り替わり、アナウンサーが神妙な表情で都心で発生した強盗事件について伝えていた。

「分かった。僕はあまりにもお金のことを知らなかった。そうだとして、これからいったい何をすればいいんだ……つまりは僕の三億円を、どうすればいい？」

「……君は調べたのか？」

「宝くじに当たった人の人生についてか？　それなら調べた。みんな悲惨な末路だった。だから混乱した。ここにやってきた」

違う、と呟くと九十九はふたたび深いため息をつき、パソコンのキーボードを楽器を弾くようにカタカタと叩いた。

「やはり君はお金のことを何も知らない。宝くじのことも。ネットで調べた薄っぺらい情報が君のすべてだ。まず、君は一億円以上の宝くじの当せん者が年間何人いるか知っているのかい？」

あの銀行で向かい合った、支店長と課長の顔が浮かんだ。机に隙間なく並んだ金融商品のパンフレット。いかなる人物にも相談してはいけないと警告するかのような目。あの目と、今まで何人が向き合ってきたのだろうか。

「一億円以上の宝くじの当せん者は、年間五百人もいる。この十年だけで五千人以上だ。君みたいな人はたくさんいる。どうして、自分だけに特別なことが起きたかのように思えるんだ？　ネットの中の不幸な話なんて、嫉妬でおかしくなった人たちが一部の悲惨な例を脚色して声高に叫んでいるだけだ。繰り返すよ一男くん。当せん者はこの十年で五千人もいるんだ。君はまったくもって特別じゃない」

五千人の高額当せん者たち。その一部は、一男と同じようにインターネットに連なる悲劇を眺め、その主人公にやがて自分もなってしまう恐怖に怯（おび）えていることだろう。だが一方で、その他多くの人間は、ごくあたりまえに億単位のお金を受け取り、何も変わらない（もしくは少しだけ豊かな）生活を送っているのだろう。

「一男くん。君は、少し調べるだけで分かるあたりまえのルールを知ろうともしなかった。お金の世界では、このルールを理解しているものが富み、知らない人間が貧しくなっていく。ポーカーやチェスと変わらない。そこには、誰にでも平等なルールがあるだけなんだよ。そのルールを理解し、勝てるまで学び、考えて行動する。それだけが勝敗を分けている」

ルールは万人にとって平等である。心の中で繰り返し呟いた。特別な何かがそこにあるわけではない。お金のルールを知っているからこそ、本当の金持ちは一度富を失っても取り戻すことができる。たとえ大きく負けたとしても「勝ち方を知っている」人間はいくらでも挽回できる。

「そろそろ、君の質問に答えなくちゃね」

聞き漏らしてはいけない。九十九の語っているルールを、頭のなかで必死に整理しながら一男は頷く。防犯カメラが捉えた強盗犯たちの姿が繰り返しテレビに映し出される。宝飾品店のガラスを割り、黒ずくめの男たちが次々と侵入してくる。コマ落ちしたその映像は、コメディ映画のワンシーンのように見える。

「日本人が、海外の金持ちたちに何と言われているか知っているかい？」

「何かな？」

「死ぬときが人生最大の金持ち、だ。せっかく三億円も手に入れて、現金を見ないで死ぬなんてばからしい。銀行から何を言われたかはだいたい想像がつくけれど、すぐにでも全額現金にするべきだ。三億円という数字が通帳に記入されただけで、姿かたちを見ることもなく終わる人生と、現金を実際に見て触ることのできる人生のどちらかを選べるのだとしたら、僕は後者をお勧めするよ」

一男はいつものように図書館で働き、夜はパン工場でパン生地と格闘した。早朝に帰宅してマーク・ザッカーバーグにエサをやり、テレビを見て少し眠り、また図書館に出勤した。九十九が一男に教えてくれたこの世界のルール。それを知ったことで、これから手に入る三億円と正しく向き合えるような気がした。お金に対する理解は、いとも簡単に世界を反転させる。図書館で働くことも、パン生地と格闘することも、猫にエサをやることも、すべて「生きている」という実感に変わった。

図書館、パン生地、猫のエサ。このルーティンをそれから五度ほど繰り返した金曜日、一男は仕事を早引けすると、近くの量販店で一番安いナイロン製の旅行カバンを買って銀行に向かった。宝くじの鑑定が済み、口座に入金される手続きが済んだという連絡があった。

全額を現金でおろします、と告げたときの支店長と課長の顔が忘れられない。「あなたのことが心配だ」「冷静に考えてください」。極めて丁寧な口調ながらも、理不尽な判断に怒っているようにすら見えた。あまりにも常識から外れた行動は、人を憤らせるのだということをそのとき一男は知った。同時に大きく誤った判断をしたのではないかと不安になった。けれども今さら撤回することもできず、旅行カバンに三億円が詰め込まれていく様子をただ呆然と眺めていた。

小さな寮の一室で眠る自分と三億円の現金を、同じ空間に存在するものとして信じることができなかった。薄いドアや貧相な窓ガラスを破られて侵入されたら一巻の終わりだ。一男は繰り返し悪夢を見た。隣人や強盗、果てはマフィアまでもが、この部屋にやってきて三億円を強奪しようとした。一男はそれぞれの夢が終わるたびに、押し入れの中から旅行カバンを取り出し、三百ある札束を床に並べ、それを眺め、上に座り、確かにそこにあるものとして触れた。

マーク・ザッカーバーグは、いつもと変わらぬ様子で眠っていた。猫からしたら、紙切れが床に並べられているに過ぎない。興奮することはないし、緊張するはずもない。ときおり目を覚ました子猫は、「そんな紙切れはいいから静かにしてくれ」と訴えるかのように、みいみいと鳴いた。

平穏な眠りが訪れることのないまま朝を迎えた。一男は三億円が入った旅行カバンを持ち、九十九が住むタワービルへと向かった。一万円札が1グラム。それが三万枚だとすると、30キログラム。三億円のお金ではなく、30キログラムの荷物だと思い込むことで気持ちを落ち着かせた。

「ぜ、絶景だね」

九十九は旅行カバンを開くと、百万円の束を五つほど引き抜いた。帯を切り「い、一万円のシャワーだ！」と叫んで札束を放り投げた。スクリーンでしか見たことのない光景が目の前に広がった。五百人の福沢諭吉がひらひらと舞う。慌てて拾おうとする一男を制し、九十九は次々と電話をかけた。

銀座に本店を構える高級鮨店の職人から、ソムリエ付きのシャンパン（ソムリエ代よりシャンパン代の方がはるかに高額だった）、キャバクラ嬢、モデル、グラビアアイドルたちが次々とデリバリーされてくる。有名歌手や力士、ＤＪにゲイセクシャルのタレント、歌舞伎俳優までもがやってきて、絵に描いたようなどんちゃん騒ぎが始まった。

有名歌手がＤＪのリズムに乗りながら、映画の主題歌になった甘いバラードを歌い上げている。力士がモデルのブーツにシャンパンを入れて一気飲みをしている横で、水着姿のグラビアアイドルがカウンターに入って、おにぎりのような鮨を握っている。それを歌舞伎俳優が無理矢理ソムリエの口の中に突っ込み、泥酔したキャバクラ嬢たちが大笑いしている。九十九は遠巻きにその狂乱を眺めながら、くすんだ黄金のラベルに黒い星が描かれたボトルのシャンパンを、コーラで割りながら飲んでいる。居場所がない一男は、九十九の横に座りそのシャンパンをすするように飲む。

「ねえアンタ、なんで今どきこのビルなのよ？」ビキニ姿になったゲイのタレントがやってきて九十九に訊ねる。「なんかさ、もう流行らない感じじゃない、このビル」

「分かりやすいんだよ」九十九はシャンパンコーラを飲み干す。「誰でも知っているから説明しなくても済むだろ。実際、君たちは誰も迷わなかった。だからこのビル。シャンパンはとにかく、この黒い星のもの。車は馬のエンブレムの赤いやつ。分かりやすいのが一番さ」

「分かりやすいものが、良いものとは限らない」。落語について語るとき、九十九はいつも言っていた。「すぐに面白さが分かりにくい噺ほど奥が深い」。その信念が、九十九から失われたようには思えなかった。ただ、今の九十九は考えたくないのだと一男は感じた。お金はあるが、家にも食にも服にも興味がない。それならば「分かりやすい」もので良い。彼はお金以外の、ありとあらゆることについて考えることを放棄しているように見えた。

なんかアンタ下品ね！　ゲイのタレントはすでに酔いが回っているのか、ケタケタと笑いながら手を叩く。九十九は朗々とした口調で反論する。

「下品と言うなかれ。人間は信用にしかお金を払わない。信用のためには、誰もが知っている分かりやすさが必要なんだ。クレジットカードの意味を知っているかい？　すぐに辞書を引いたほうがいい。クレジットは信用だよ。あれはお金のカードじゃない。信用のカードなんだ。お金の実体は信用なんだよ」

人間の欲望や快楽というものは、あっという間に周りにいる人間までをも飲み込む。理性や常識など、すぐに追い払われてしまう。タワービルの高層階で高い鮨を食べ、酒を飲み、美女に囲まれながら福沢諭吉の絨毯(じゅうたん)の上で大騒ぎしているうちに、一男は自分がお金そのもののような気がしてきた。

パン工場のベルトコンベアの前に立っている姿が、狂乱の人影と重なった。

パン生地と格闘しているうちに、自分とパンとの境界線が分からなくなった。同じように、自分とお金が一体化して、不思議な全能感に包まれていった。生まれて初めて飲む黒い星のシャンパン。その味を特別なものだとは感じなかったが、一男の気持ちを大きくさせた。

電話の向こうで、誰かが何かを話している。気付くと、携帯電話を耳にあてていた。「どうしたの?」「何してるの?」「こんな時間に」「何考えてるのよ」批判的な言葉の断片だけが入ってくる。それらの言葉をかき消すように、一男は叫んだ。

「なあ万佐子(まさこ)! 金が入ったんだ!」電話に向かって声を張る。「え? ほんとだよ! 三億円だ! これもって家に帰るぞ! いいからまどかに代わってくれ! 寝てる? すぐ起こしてくれ! え? 分かったよ。じゃあ伝えてくれ。自転車でもなんでも買ってやる。いくら高いのでもいい。学費の心配もいらない。私立でもどこでも行けるぞ。あとそうだ。借金、すぐにでも返すからな。すぐにでも返してやるんだ!」

誰かが電球を割り、部屋が闇に包まれた。カップラーメンとコーラの壁が壊され、大きく開いた穴から津波のように東京の夜景が迫ってきた。その光のひとつひとつが、暗闇の中でゆっくりとうごめいていた。天国とも地獄ともつかない光景の中、酒に飲まれて一男はよろよろと歩き回る。途切れ途切れになっていく視界の隅に、夜景をひとりで眺めている男が映る。まるで泣いているかのように見えるその横顔に、一男は近づく。

「こんなことを、たくさんしてきたんだな……九十九」

「たくさんした。でももう飽きた」

「お金でやれることは、だいたいやったんだろ」

「まあそうだね」

「それで、お金の正体は分かったのか？　お金と幸せの答えは？」

「もう少しな気がする。だけど掴めそうになると、そのたびにするりとこの手からすり抜けていくんだ。でも……」

九十九が踊る人影に目を移す。明滅する窓外の光に照らされて、床に散らばった鮨の残骸と、割れたシャンパンの瓶がぬめぬめと光っていた。赤いハイヒールが片方だけ転がり、金髪のカツラや、脱ぎ散らかした水着が床に落ちている。散らばった一万円札の絨毯をぐちゃぐちゃに踏みつぶしながら、重低音のビートに合わせて、男か女か分からない裸の塊が踊り狂っていた。

「ひとつだけ、分かったことがあるんだ。人間には自分の意思ではコントロールできないことが、みっつある」

「なんだよ？」

「死ぬことと、恋することと、あとお金だ。でも……お金だけが違うんだ」

「どういう意味だ？」

「お金だけはとにかく違う……その理由はこんど話すよ」

九十九はゆっくりと窓外に首を振る。一男が視線の先を追うと、崩れた壁から黄金色に輝くタワーが見えた。紺色の空を背負い光り輝くそれを見ていると夢の中にいるようで、一男は冷たい床に横たわり目を閉じた。眠りに落ちていく中で、九十九が言った言葉が耳にいつまでも残っていた。

「あのタワーってさ……遠くから眺めているほうが綺麗だよな」


力強い朝日に照らされて目を覚ました。

部屋はすっかり片付いており、一男が最初に訪ねてきたときの姿に戻っていた。カップラーメンとコーラの壁。ノートパソコン、スタンドライトに小さなテレビ。ただ、ひとつだけ元と違うことがあった。

九十九がいなくなっていた。

すべてが夢だったのかもしれない。いや、そんなはずはない。九十九はきっと珈琲でも買いに行ったのだ。もうすぐ帰ってくる。自分に言い聞かせ、一男は部屋でしばらく待つことにした。十分間、じっと待っていたが九十九は帰ってこなかった。三十分が経ち、九十九の番号をコールしたが留守番電話に切り替わる。

嫌な予感がした。一男はあることに気付き、部屋の中をあてどなく歩き回る。一時間が過ぎた。だだっぴろい部屋の中心で、顔を蒼白にして立ち尽くした。息が切れ、鼓膜を内側から圧迫するかのように心臓がばくばくと鳴った。胃がせり上がるような感覚とともに吐き気がやってきて、一男はコンクリートのフロアに嘔吐した。胃の中は空っぽで、水のような吐瀉物が灰色の床を流れていく。

悪いニュースには、さらに悪いニュースがつきものだ。

九十九と共に、三億円が入った旅行カバンもなくなっていた。

十和子の愛

銀行強盗を成功させ、大金を手に入れたふたりの男が雪山にいた。

山を越え、隣国に逃げようとしていた男たち。そこに吹雪がふたりを襲う。すぐ目の前すら見えないほどの猛吹雪だ。命の危険を感じた男たちは、洞窟を見つけその中に走り込む。それでも寒い。次第に体が冷えてくる。カバンを開ける。手帳、本、地図。中に入っているものを片っ端から燃やしていくが、火は続かない。靴を燃やし、服も焼べ、ついに何もなくなる。だが、ひとつだけ残っているものがある。男たちは裸のまま札束を見つめた。そして「金を燃やすぐらいだったら死んだ方がましだ」と叫ぶと、体を寄せ合い凍死した。

そんな笑い話をテレビで見たことがある。お金の世界には、この手のジョークが無数に転がっている。誕生してから今に至るまで、お金は絶えず人間の理性や良心を問い続けてきた。

「金持ちが、お金をどのように使うか分かるまで、その人間を褒めてはいけない」

かつてソクラテスは言った。お金は人を試す。そして多くの人は、その試験に落第する。一男も、例外ではなかった。

九十九が三億円と共に消えた。だだっ広い部屋の真ん中で、一男は言葉を失い、立ち尽くしていた。高層階から見下ろす街並みが、まるでジオラマのように遠近感なく見える。震える足をなんとか前に進め、コーラの壁からペットボトルを一本取り出し飲み干した。甘く、ぬるい液体が食道を通って胃に流れ込むと、解凍されるように身体が動き始めた。

窓際に並べられたカップラーメンの背後を見て回り、壁に据え付けられたハンガーラックにずらりと並ぶ黒い服の間に手を入れて探ったが、三億円は見つからなかった。コンクリートの床のどこかに隠し扉でもあるのではないかと思い、端から端まで触ってみたものの、ロールプレイングゲームのようなことは起こらない。見失ってしまった財布を探すときのように、同じところを二度三度と繰り返し探し回るがカバンは出てこない。九十九と三億円は、完全に消えてしまった。

風が強く吹く高層ビルの下を歩きながら、万佐子に電話をかけた。八コール、九コール。金が入ったんだ！　頭の痛みとともに、電話で叫んでいた自分の声が蘇る。一男は慌てて電話を切ると、恥ずかしさを振り切るように走り出した。ここから一刻も早く逃げ出したかった。

　パン工場にたどり着き、寮の部屋のドアを強く閉めて鍵をかける。昨夜まで三億円が置かれていた部屋が、やたらと広く感じる。みゃあと声がして、マーク・ザッカーバーグが一男の足元に寄ってきた。絶望を察してか、励ますかのようにすりすりと温かい体を寄せる。

「……お前はなんでもお見通しだな」「みゃあみゃあ」「いつもはこっちの気持ちなんて、まったく興味がないふりをしているくせに」「みゃあ」「心の底から辛いときには、こうやって来てくれるんだよな」「みゃあーん」

　ザッカーバーグは心配そうに、一男を見上げてぐるぐると喉を鳴らしている。思わず子猫を抱きしめて「どうしよう……助けてよ」と泣きつく。するとザッカーバーグは、もういいかげんにしろといわんばかりに「……んみゃ」と小さく唸ると離れていく。そして振り返ると、先ほどまでとは打って変わったダミ声で「ぐみゃあ」と食事を要求した。子猫の〝アメとムチ〟に踊らされたことに気付いた一男は打ちひしがれながら、皿にざらざらとキャットフードを入れた。

　パソコンを立ち上げ、検索画面を開く。このまま落ち込んで終わり、というわけにはいかない。なんとか九十九を見つけて、三億円を取り返さなければ。他にできることもなく、九十九の名前を入力した。

一男の知らない十五年分の九十九を少しでも埋めるために、クリックを繰り返す。彼が立ち上げたベンチャー企業について書かれた記事が表示される。再びクリック。一昨年その会社が買収され、解散した旨が書かれていた。

記事を時系列にたどっていくと、ふと現れた美しい女性に目を奪われた。三十代前半であろうか。色白の顔に、カールされた栗毛色のロングヘア。タイトなツイードのスーツに、黒いエナメルのハイヒール。男性の好みの最大公約数を形にしたような、美貌の女性だった。彼女の姿を追うようにスクロールしていくと、九十九が写っている写真が出てきた。

どこかのパーティで撮られたものだろうか。九十九の横に、その女性がぴったりと寄り添って微笑んでいた。女性の名前は安田十和子（やすだとわこ）といった。彼女ならば、九十九の行方について何か手がかりをくれるかもしれない。直感的にそう思った。けれども、分かっているのは彼女の名前と広報という肩書きのみだ。どうやって現在の彼女にたどり着けばよいのだろうか。ザッカーバーグがカリカリとエサを食べる音を聞きながら、一男は十和子の隣でうつむいている九十九をいつまでも見つめていた。

翌日から、図書館司書の仕事の合間に、昔の新聞や雑誌の記事から関連する情報を拾い集めていった。中にはウェブではまったく見つけることができなかった情報もあった。

落語研究会の先輩の力も借りて、九十九を知る数人から詳細を聞き出した。新たに得たキーワードをネットや電話で確認していくと、三日後には十和子の電話番号にたどり着いた。丁寧に調べさえすれば、誰の連絡先であろうと手に入れることができる時代だ。先輩が語っていたとおりだった。

九十九が、作った会社を大手の通信会社に売却したこと。その売却益を会社設立時からのメンバー三人と分け合ったこと。そのうちのひとりが、十和子であるということ。三日間で知った事実。十和子は九十九の秘書も兼ねていた。ウェブの掲示板では九十九の恋人なのではないかと噂をされていた。

十和子に電話をすると、ワンコールもしないうちに本人が出た。一男は、自分が九十九の友人であり、行方不明になった彼を捜していると伝えた。十和子は予想に反してあっさりと「では明日こちらまでお越しください」と言い、住所を伝えて電話を切った。耳に残る、透き通った声だった。

西洋風の戸建て住宅が、等間隔に立ち並ぶ。うっそうと茂る森の中をバスが通過すると、小高い丘の上に灰色の団地群が姿を現した。誰も乗っていないバスを降りると、テトリスのブロックのような建物の合間を縫って、J棟を目指す。団地はAからKまでの棟が整然と立ち並んでいた。どの建物もコンクリートにヒビが入り、タイルが欠けていた。この団地と十和子を線で結ぶことは難しかった。ウェブページで微笑んでいた十和子は〝富にあふれた世界〟の住人に見えた。

アルファベットを目で追いながら目的の棟までたどり着き、階段を上がる。各階のドアの前に三輪車やテニスラケットなどが置かれているが、三分の一ほどは空き家となっているようだった。階段の手すりは錆び付いており、白かったであろうコンクリートの壁はすすけていた。

息を切らしながら五階まで上がり、ペンキが剝げているドアの中央に据え付けられていたチャイムを鳴らす。バタバタと足音が近づき、ドアが軋みながら開いた。ウェブページで見ていたままの美貌の女が、隙間から顔をのぞかせる。ただ髪は黒いストレートヘアになっており、ベージュのシンプルなワンピース姿だった。上品ながらも、意図したかのように地味な出で立ち。その格好だけ見ると、この団地の標準になじんでいるように見える。けれどもその容姿が、髪型や服装のせいでかえって際立っているように思えた。一男を認めると、「近くに公園がありますので、そこで話しましょう」と小声で十和子は言った。

「驚かれましたか？」

公園まで一男を先導しながら、十和子は訊ねた。

「そうですね。正直に言いますと」

一男はふたりを囲む団地群を見上げながら答えた。ぽつりぽつりとベランダに立つ住民から、監視されているような気分になる。

「ここ公務員宿舎なんです。家賃は二万円ほどです」十和子は、囁くように言った。

「主人は、車で十分ほどの市役所で働いています」

「そうなんですか……」

「意外でしょうね」

「いえ、そんなことは」

「大丈夫です。私もそう思いますから」

少し先を歩く十和子は公園に入り、木製のベンチに座った。一男もその隣に座り、あたりを見回した。四方を団地に囲まれた正方形の小さな公園。小さいながらも、ブランコとジャングルジムと滑り台と砂場という、公園の基本遊具が揃っていた。建物も公園も、誰もがイメージするいかにもな団地の典型だった。公園を囲む樹木に葉はない。昼どきにもかかわらず、人の姿は見当たらず静まり返っている。どこか懐かしい景色だと一男は思った。幼少期に戻ったような気分で、ぼんやりと無人の公園を眺めていた。

乱暴に何かが落ちる音が背後で聞こえた。一男が振り返ると、いつの間にか十和子が公園の入口に置かれた赤い自動販売機の前にいた。

「寒いでしょう」両手に缶を抱えて戻ってきた十和子は、微笑みながら訊ねる。「どちらがいいですか？　珈琲と紅茶」

「ありがとうございます……じゃあ、珈琲をいただきます」

出会ってから初めて見た美しい笑顔に心を動かされながら、一男はプルトップを開ける。カクッという音があたりに響いた。珈琲を一口すすり缶を手で包むように握ると、痺(しび)れるような熱さが伝わってくる。

「十和子さん、少し話してもいいですか？」

「どうぞ。そのためにお越しいただいたのですから」

十和子は音も立てずに、一男から少し距離を置いて座った。

「九十九が僕のお金を持って消えました。三億円です。宝くじで当てたお金でした」

「……どうしてそんなことに」

十和子は、薄茶色の眉を下げた。その細い眉尻を見ながら、一男は続ける。

「急に大金を手にしたときに、相談できる相手は彼しかいませんでした。大学時代、僕と九十九は親友でした。卒業後十五年間会っていませんでしたが、そのあいだ彼がずっとお金と向き合ってきたのは聞いていました。彼ならば『お金と幸せの答え』を知っている。僕の人生を正しい方向に導いてくれる。そう思ったんです。何より僕は、突然手に入った大金が怖かった。だから九十九にすがるしかなかったんです」

十和子は落ち着きなく、その細い指で黄金色のネックレスを触っている。白い首の上で、小さな粒のダイヤモンドが光っていた。

「お力にはなりたいと思っています。ただ……わざわざお越しいただいているのに申し訳ないのですが、私も彼とは長い間会っていないし、今どこにいるかも知りません」

「そうだとは思っていました。でも、僕はあなたと話してみたかった」

「私が彼の居場所を知らなくても、ですか？」

十和子は、まだネックレスを触りながらうつむいている。細い指が何かの楽器を奏でるように、黄金色のチェーンの上を何度も行き来する。

「もちろん九十九を見つけてお金を取り戻したいんです。そうしなくてはいけない事情もある。ただ、九十九が僕のお金を盗って逃げたということがいまだに信じられないんです。彼は充分に裕福で、お金を盗む必要はないのに、なぜそんなことをしたのか。そもそも今の九十九がいったいどういう人間なのか、僕は何も知らない。この十五年で彼に何があったのか。彼がどう変わったのか、少しでもいいから知りたい。九十九に寄り添って働き、一緒に大金を手にしたあなたならば知っているのではないかと思って」

話し終えると、缶珈琲を一口飲んだ。冷たい空気にさらされ、中身はあっという間にぬるくなっていた。公園は相変わらず静かで、鳥のさえずりすら聞こえない。どこかに身を潜めているのだろうか。幼稚園帰りの子どもたちが騒いでいる声だけが、遠くからこだまのように響いてくる。

「……分かりました。九十九のことをお伝えするにあたり、まず私の話をしなくてはいけないでしょう。関係ないと思われるかもしれませんが、あなたが知りたいことに答えるためには必要なことなのです。少し長い話になるかと思いますし、あなたにとっては退屈な話かもしれません。私としても自分の話をするのは苦しいことです」

十和子はミルクティーのプルトップを開けると、開いた口の先に見える暗闇をじっと見つめた。その目は微かに潤んでいるようだった。

「私は……ずっとお金が嫌いだったんです」

「嫌いだった？　それはどういう意味でしょうか」

思わず声がうわずった。団地のコンクリートに反射して声が響く。

「信じられないでしょう。私は小さい頃からお金が嫌いだった。憎んでいたほどです。私は貧しい母子家庭で育ちました。ものごころついたときから、母はパートを掛け持ちしながらひとりで私を育てていました。近所でも評判の美人の母でした。貧しかったけれども強い倫理観を持っていた彼女は、お金のために生きてはいけない、お金は人を堕落させる、と繰り返し私に言いました。財布から硬貨や紙幣を取り出して触っていると、そんな汚いものを触らないで！　すぐに手を洗ってきなさい！　と激しく怒った。母にとってお金は忌むべきものだったのです。お金に対する嫌悪に触れるうちに、いつしか私も、それを汚いものだと思うようになっていきました。貧しかった私は、ただお金がないというだけでずいぶんと辛い思いをした。お金が世界からなくなれば、こんな辛い目に遭わなくて済むのに、と何度も思いました。けれども年を重ねるごとに、お金は消えるどころか、私の心の中でどんどん大きなものになっていきました」

十和子は両手で缶を抱えるように持ち、ゆっくりとミルクティーを一口飲んだ。薄い唇が濡れて光る。一男が思わず目を遣ると、唇の左下に小さなほくろが二つ並んでいた。

「自分で言うのも憚られますが、もともと容姿にだけは恵まれていました。高校生の頃から男性に好意を寄せられ、奨学金を得て大学生になると、その数は増えていきました。多くは裕福な家庭に生まれたクラスメイトや、事業で富を得た年上の男性でした。必然的に私は、そのような男性たちと恋愛をするようになった。彼らは容姿と心を、まとめてお金で買おうとしました。高価な服やアクセサリーを買い与え、海外旅行までプレゼントして。高級な時計や靴のように、私を自分の傍に置いて連れ歩きました。次第に私はお金の魅力に取り憑かれていった。本能のままに欲しいと言ったものが、すぐに手に入る生活が日常となっていきました。けれどもどんなに高価なものを手に入れても、心の中にうずまく不安に私はいつも囚われていた。いくらでもお金を欲する気持ちと同時に、吐き気がするほどの嫌悪感を抱えたまま過ごしていた。そして気付いてしまったんです。私はこれから先もずっと、お金のことを憎み続けるのだと」

話に区切りをつけるように、十和子は深くため息をついた。息がほんのりと白くなり、彼女の顔の周りを包んだ。ミルクティーの甘い香りが漂ってきた。

「もう一つ、お金と同じように憎んだものがありました。それは男性です。私は恋愛をすると、極端にその男性にのめりこんでしまう。自分から誰かを好きにはならないんです。いつも男性から言い寄られて付き合うのに、時が経つにつれてどんどん重くなっていく。しまいには相手の気持ちがよく分からなくなって泣きついたり、詰め寄ったりする始末でした。けれども恋愛が終わると、極端にその男性を嫌うようになった。その容姿や服装、性格や癖、何から何までを否定した。そんなことを繰り返しているうちに思ったんです。私がその男性のことを嫌うようになるのは、きっとその人のことを愛しすぎているからなのだと。私にとって男性とお金は同じでした」

「愛しすぎているから、憎んでしまう」

「そうです。そして憎むほど、お金と恋愛から逃れることができなくなっていった。この矛盾した感情を解決する方法が、ひとつだけありました」

そこに「答え」があるのではないかと思い、一男は十和子の口元をじっと見つめる。その唇が開き、大きく息を吸い込んだ。

「それは金持ちと結婚するということでした。最低だと思われるかもしれません。でも、自分の逃げ場をなくすことによって、愛からも憎しみからも遠ざかりたかった」

十和子と話し始めてから、公園を訪れる人は誰もいなかった。遠くから聞こえていた子どもたちの声はいつのまにか止み、入れ替わるように布団を叩く音や、ヘリコプターが上空を飛ぶ音が聞こえてきた。規則正しく響く音のリズムに乗るかのように、彼女は続ける。

「大学を卒業する頃には、容姿相応の服装や立ち居振る舞いに加えて、男性が喜ぶような愛嬌、そして素朴さすら表現できるようになっていた。ますます金持ちは私の元へ集まってくるようになりました。数人の金持ちと交際しました。彼らが何を求め、何を望まないか、私はよく理解していました。転々とした、という表現がふさわしいかもしれません。結婚したいと思って、縁談が進むこともありました。けれども、いずれも実現しなかった。新居や式場を決めていくうちに、その男性のことを愛していたのか、そのお金を愛していたのか分からなくなり、いつも逃げ出してしまう。結局私は愛にもお金にも、縛られたままでした」

十和子もまた、九十九と同じように「お金と幸せの答え」を求めて富の世界を彷徨ってきたのだろう。ふたりが出会ったのは必然のように思えた。

「そのあと九十九と出会ったんですね」

「そうです。起業家たちの懇親パーティで初めて会ったときの九十九は、派手なスーツに身を包んだ男性たちに囲まれていました。新進気鋭の起業家として誰もが彼と話したがっていた。面白かったんですよ、九十九。誰とも目を合わさずに、猫みたいに背を丸めて。その姿を見たときになぜだか私と似ていると思いました。すぐにいなくなってしまいそうな彼を警戒させないように、そっと近づき話しかけた」

　大学の教室で、今にも逃げ出しそうだった九十九の姿が蘇った。黒猫のような目で、こちらを見ている。なぜだろう。あのとき、彼に話しかけずにはいられなかった。隣を見ると、十和子も何かを思い出したかのように微笑んでいた。唇の左下にある小さなほくろが、ふたつ揃って動く。

「それから平穏で幸せな日々がやってきました。仕事はとても忙しかったけれど、九十九も彼の仲間たちも、理想を共有して会社を成長させていきました。仕事の合間を縫って私たちはデートを重ねた。とにかく時間がなかったので、レストランで簡素な食事をしたり、日帰りで温泉に出かけたり。彼は申し訳なさそうにしていたけれど、私はそれで充分だった。けれども次第に彼は、他の男たちと同じように高価な靴やバッグをプレゼントするようになりました。それで私が満たされていると錯覚して、時間を使わなくなっていきました。いつしか、九十九との生活は今までの男性たちとのそれと変わらなくなってしまった。私は思いました。結局、お金は愛よりも強いのだと。九十九ですら行き着くところは同じにしかならなかった。お金は人を飲み込むんです。個性も思想も何もかも飲み込んで、平均化してしまう」

「それで、九十九とはどうなったんですか？」

話の続きが知りたくて、思わず早口で訊ねる。十和子は一男の声など聞こえていないかのように淡々と続けた。

「九十九の会社を買収したいという大手の通信会社が現れました。彼は今のまま会社を続けていきたいと願っていた。けれど、多額の売却益に目がくらんだ仲間がいました。皆がそれぞれの正義を振りかざし、疑い、ぶつかり合い、最後は互いを裏切るような形で会社の売却が決まりました。株式の一部を持っていた私も、十億円あまりのお金を手にすることになった。そのとき、私の脳裏に今まで私が愛し、憎んだ裕福な男たちの姿が浮かんできました。そして、九十九を愛していたのか彼のお金を愛していたのか、また分からなくなってしまった。そんな私を見て、彼は私に別れを告げました。きっと僕たちは幸せになれない。お金から完全に自由にならない限り、絶えず愛情と同じくらい大きな憎悪に支配されてしまうから。けれども、お金が僕たちを自由にしてくれることは、二度とないだろう……」

十和子は、深く息を吸い込むと目をつむった。カールされた長いまつ毛が、瞼(まぶた)を覆っていた。その体が、小刻みに震えていた。今は声をかけてはいけないと、一男は自らの手を強く握った。

「九十九と別れた後、私は仕事を辞め、実家に戻り、認知症になっていた母の介護をしながら一年あまりを過ごしました。ある日、呆けているはずの母親が突然父親の話を始めたのです。それは、まるで私自身のことかと錯覚するかのような金持ちの男とのラブストーリーでした。母は裕福な男を愛し、そして別れ、やがてそのお金ごと呪うようになったのです。そして娘を、自分と違う道に導くように躾けた。お金を憎み、嫌うように。そしてその話をした翌日、母は真夜中にひとりで家を抜け出した。大雪の日でした。警察と一晩中捜し回りましたが、そのまま帰らぬ人となりました。母の死後に見つけた銀行通帳の中には、私の父親であろう男性からの入金が記載されていた。毎月末日に五十万円。合計で二億円近い金額が振り込まれていました。何ページにもわたって、通帳には規則正しく六桁の数字が並んでいた。そこからお金が引き出された形跡はまったくありませんでした。三十年以上、母はそのお金に一度も手を付けずに過ごしてきたのです。思わず息が止まりました。こうするしか娘を守る方法がないのだと決意していた母。何ひとつ贅沢をせず、休みもせず働き、ただ娘を育てるためだけに自分のお金を使った。それ以外の悪しきお金から、必死に私を守ろうとしていた。そのやり方が正しいかどうか分からない。ただ、母はそういうかたちでしか私を守ることができなかった。それなのに、私も母と同じような運命をたどろうとしていたんです。ごめんなさいお母さん。私は吐くように泣きました。涙が止まりませんでした。そして決めたのです。母親と違う人生を生きる、ということを」

十和子の灰色の瞳が潤んでいた。涙をこぼしてはいけない、とでもいうかのように静かに空を見上げた。日が傾き始めていた。空はブルーからオレンジのグラデーションを描き、飛行機が音を立てずにゆっくりと飛んでいる。

「数ヶ月後、私は結婚相談所に登録をしました。そこで出会ったのが今の夫です。彼の容姿は平凡で、収入も高くありません。派手な学歴やユーモアのセンスもありません。ただ、彼には大きな才能があります。それはお金を愛しも憎みもしていない、ということ。それが私にとって最大の救いでした。お見合いをしたときに、私は彼の資質をすぐに見抜きました。そして半年後、彼からのプロポーズを受け入れました。夫は私のような卑しい人間にはもったいないほど優しく誠実な男性です。私は生まれてこのかた、こんなに安らかな日々を過ごしたことはありません」

「諸悪の根源はお金そのものではなく、お金に対する愛である」

かつてサミュエル・スマイルズは言った。十和子は長い年月をかけて、お金に対する愛から自由になり幸せを摑んだ。要約するとそういう物語なのだろうが、どうしても結末が不自然に思えた。一男には、確認しなくてはならないことがあった。

「本当に……あなたはそのご主人に救われて、安らかに暮らしているのでしょうか」

一男の言葉が耳に届くと、十和子は窺うような目を向けた。

「おっしゃっていることの意味が分かりません」

その声が震えていた。まるで何かの罪に怯えているようだった。

「十和子さん……お金はどうしたんですか？」

「それは……」

「あなたの母親が遺した二億円と、九十九たちと分け合った十億円です」

沈黙が続いた。しびれを切らして一男が口を開こうとした時、凍りついたかのように動かなかった十和子が立ち上がり自宅への道を早足で歩き始めた。一男はあとを追い、J棟の階段を五階まで上がり、ペンキの剝がれたドアを開ける。中はこぢんまりとした空間で、ダイニングとリビングを兼ねた部屋のテーブルには小さな花が置かれていた。

十和子は、立ち止まることなく奥にある寝室に向かった。六畳ほどの小さな和室だった。畳の香りがする部屋の押し入れを開ける。布団や掃除機、衣装ケースなど、素朴な生活そのものが詰め込まれている。十和子はそれらを丁寧に押し入れから取り出すと、奥にある板をそっと外した。

そこには大量の一万円札の束が、壁紙のようにびっしりと敷き詰められていた。

「夫はこのお金のことを知りません」十和子は札束の壁紙を触りながら囁くように言う。白く細い指。左手の薬指には鈍い銀色の指輪が嵌められている。地味な服装とは不調和に、その爪だけが綺麗に磨かれ、美しく塗られていた。

「夫が仕事に出かけると、私は毎日このお金を触り、確かめる。そうするうちに私の心は満たされ、穏やかになっていきます。それから掃除機をかけ、洗濯機を回し、料理をしながら夫の帰りを待ちます。それこそが私にとって安らぎであり、代え難い幸せなのです。この十二億円に見守られながら寝て、起きて、食事をして、夫と生活している今が一番幸せなんです。お金や男を愛したり憎んだりすることから私は自由になりました。これこそが、私が心から欲しているものだとようやく分かったんです」

真っ赤に照らされる九十九の横顔を思い出した。モロッコの砂漠に昇る、赤い朝日。それを見つめる九十九。目には涙が滲んでいる。

「お金と幸せの答えを見つけてくるよ」

あのとき九十九は言った。すべてから自由になったかのような安らぎと、なにもかも失ったかのような悲しみが混ざり合った表情で。目の前の十和子の横顔は、あのときの九十九に似ていた。なぜふたりが惹かれ合い、やがて別れを選ぶしかなかったのかが分かるようだった。九十九が感じていた孤独に、ようやく触れることができた気がした。

「一男さん、私があなたにお話しできることはこれがすべてです。私には九十九がなぜあなたのお金を持って消えたのか、そしてどこにいるかは分からない。けれども私と同じく十億円あまりのお金を受け取った仲間の男ふたりならば、九十九の居場所を知っているかもしれません。彼らに会ってみますか？」

ためらいなく、一男は頷いた。十和子は押し入れを元に戻し、リビングに戻ると、携帯電話を見ながらふたつの電話番号を一筆箋に書いた。ボールペンが、美しい軌跡を描く。

「百瀬と千住の連絡先です。私以上に、九十九がどういう人間なのかを知っていると思います」

一男が一筆箋を受け取るのと同時に、階段を上がってくる足音が聞こえた。乾いた革靴の音が、メトロノームのように正確なリズムを刻みながら近づいてくる。十和子は夢から覚めたように目を開き、その豊かで艶やかな髪をヘアクリップで乱暴に留めた。

「夫が帰ってきました。駅まで送らせますね」

「大丈夫でしょうか？　ただでさえ怪しい訪問客かと思いますが」

「ずっと海外にいた従兄弟が久々に訪ねてくる、と言ってありますから。大丈夫です」

「……そうですか」

「はい。それくらいで目くじらを立てる男を私が選ぶと思いますか？」

十和子はふっと微笑んだ。ふたたび唇の左下にあるふたつのほくろが柔らかく動く。ただいま、という声とともに十和子の夫が入ってきた。夫は一男を見ると「初めまして。ゆっくりお話しできましたか？」と笑顔で訊ねた。

「ありがとうございます。すっかり長居をしてしまいました」

一男は、夫の姿を観察した。背が低く、量販店で売っているような特徴のないグレーのスーツを着ていた。あの公園のように、すべてが平均化されたような役所の男だった。お金にも服装にも、何もかもにこだわりがない。十和子の言葉を借りて言えば、すべてから自由なのかもしれない。

「もうすぐ日が落ちて外も寒くなりますから、駅までお送りしますよ」

十和子の夫がハンドルを握る仕草をするので、「いえいえ。申し訳ないですよ。バスで帰りますから大丈夫です」と一男は、かぶりを振る。

「そんなことさせたら嫁さんに怒られちゃいますよ。送らせてください。な、十和子」

「そうね。一男さん、遠慮なくタクシー代わりに使ってあげて」「ひどいな十和子。タクシーってなんだよ」「ごめんごめん」

十和子と夫は、互いの目を見つめながら、何かのきっかけを見つけては何度も笑い合っていた。まるでそれが、ふたりの間の約束事であるかのように。

外はすっかり暗くなり、冷たい風が建物の間を縫うように吹いていた。あまりの寒さにダッフルコートのフードを被り、団地の共同駐車場まで歩く。街灯が三つの長い影を作っていた。さきほどまではしゃいでいた十和子と夫は急に無口になり、うつむいて歩いている。白い軽自動車の前にたどり着くと、夫がその薄いドアを開けて乗り込む。エンジンがかかるのと同時に赤いランプが灯り、緩やかに車が後進する。

「十和子さん、最後にいいですか？」

「どうぞ」

「九十九のことを愛していましたか？」

美しい横顔が凍りついたように固まった。焦点の合わない目が、軽自動車のバックライトを見つめていた。十和子の夫は慣れない手つきで、何度もハンドルを切り返し、車を駐車場から出そうとする。ブレーキが踏まれるたびにライトがチカチカと光る。十和子の目線を追って赤い光を見つめていると、囁くような声が聞こえた。

「私は確かに九十九のことを愛していたのだと思います。今思えば、それが彼自身なのか、そのお金なのかは私にとってはどちらでもよいことでした。私は彼を愛していた。ただその感情をまっすぐに信じることができれば良かったのに、と後悔することもあります」

「……そうですか」

「一男さん、私も最後にいいですか？」

一男が頷き十和子を見ると、灰色の瞳がこちらに向いていた。軽自動車の排気口から出された油臭い煙が、ふたりを分かつように漂っている。

「もし九十九が見つかってお金が取り戻せたとして、あなたはその三億円を何に使うんですか？」

「……まず弟の借金を返します。それから借金のせいで壊れてしまった僕の家族、妻と娘を取り戻さなくてはならない」

「お金があれば、家族を買い戻せると」

「その可能性はあると思います」

「私はそうは思いません」

「どうしてですか？」

「あなたは何を失ったのか、いまだに分かっていないから」

そう言うと十和子は、声を出して笑った。何かを諦めたかのような乾いた声が、駐車場に響く。ようやく車を出すことに成功した夫が、ウインドウを開け十和子に手を振る。気付いた十和子は、夫に手を振り返す。そこには、一男がウェブサイトで見た完璧な笑顔があった。


一男を助手席に乗せた軽自動車はテトリスのような団地群を抜けて、うっそうと茂った森の道を走る。サスペンションが脆弱(ぜいじゃく)なせいか、ちょっとした段差を通るたびにガタガタと車が震える。上下に激しく揺れるヘッドライトに照らされた道を一男がぼんやりと見つめていると、突然隣から声がした。

「一男さん、十和子とは何年ぶりでしたか？」

十和子の夫が、リュックサックを膝の上に抱えたまま黙っていた一男の方を向く。余計なことを言わないように、なるべく前だけを見続けることを決めていた。

「あ、十年ぶりくらいなんじゃないでしょうか」

「そうですか。どうでした？　十和子。ずいぶん変わりました？」

「いや、相変わらず美人でしたね」

「それはよかった。結婚してから綺麗じゃなくなった、とか言われたら僕のせいですから」

車がガタンと大きく揺れ、すみませんと十和子の夫がハンドルを切る。その揺れで、夫の左腕に嵌められた腕時計がふと目に入った。彼に似つかわしくない、スイス製の高級時計。その盤面を覆うガラスにはひびが入っている。一男の目線に夫が気づく。

「あ、これですよね。十和子からもらった時計なんですけど、割れちゃって。彼女は買い替えろって言うんですけど、なんかもったいないし。せっかく十和子が買ってくれたものだから捨てるのもしのびなくて……でもみっともないですよね。すみません」

「いえいえ、そんなこと気にしないでください」

「なんか、すみません」

十和子の夫は苦笑いをしながら頭を掻いた。何からも自由であるが故の、裏表のない誠実さを感じた。一男は罪を背負ったような気持ちになった。彼はあのこと、、を知らなくてもよいのだろうか。

「家もね、なんかオンボロで。恥ずかしいです」

「そんなことありませんよ。ゆっくりさせていただきました」

「まあ、あんまりお金がなくて十和子には苦労させてます。でもあいつは僕がいつ死んでも大丈夫ですから」

「そんなことないですよ」

「いや……十和子は大丈夫なんです」

突然現れた信号に阻まれ、車が止まった。十和子は大丈夫なんです、、、、、、、、、。違和感のある声。消化できないその言葉が、静まり返った狭い車内で、居場所を失ったようにぐるぐると回っていた。あの押し入れの中にあるものを彼が知っているのか、確かめてみたくなった。

「寝室、見させていただきました」

「……寝室ですか？　どうしてそんなところを？」

「十和子さんが、見せてくれたんです」

「変な奴ですね、十和子は。綺麗に掃除していることでも自慢したかったんでしょうか」

そう言うと十和子の夫は、ははは と笑う。その声は、さきほど十和子が発したのと同じように乾ききっていた。

「知っているんですね」

一男は、夫に訊ねる。その分厚い眼鏡が、信号の発する光で赤く光っている。

「何をですか？」

「十和子さんが……押し入れの中にしまっているもののことをです」

信号が青に変わるのと同時に、十和子の夫が慌ててアクセルを踏んだ。軽自動車ががくんと前につんのめったのちに、ゆっくりと進み出す。

「すみません……なんだか気を遣わせてしまって」

「こちらこそ余計なことを言ってしまって……」

「恥ずかしいです。本当に。僕だけが何も聞いていないなんて。まるで道化みたいですよね」

夫は苦笑いを浮かべながら、ハンドルを握っている。急に後悔がやってきて、一男は目を伏せた。

「そんなことありません。十和子さんはあなたのために……」

「分かっています。彼女が何を守ろうとしているかということぐらい僕だって分かります。彼女は知らないと思っているだろうけど、過去に何があったかも知っているし、あのお金のことだってだいたい想像がつきます」

「そこまで知っているのなら、聞いてあげたらいいじゃないですか。十和子さんもそのときを待っているのかもしれません」

「そうかもしれない。でも十和子が話してくれるまで、あのお金について触れるつもりはありません。僕はそれほど頭の良い人間ではありませんが、なぜ彼女が僕を選んだかは分かっています。十和子のことを心から愛しているから、誰よりも彼女のことを理解しようとしているつもりです。だから、僕はあのお金があろうとなかろうと、それで何かが変わるとは思っていません。でも彼女は違う」

「違うのでしょうか」

「はい、きっと。僕があのお金の存在に気付いていると知ってしまったら、耐えられなくなると思う。やっと十和子はお金から自由になったんです。それが彼女の安息であるのだとしたら、僕は知らないフリを続けます」

「それで十和子さんは幸せなのでしょうか？」

「彼女にとってそれが幸せかどうかは分かりません。でもひとつだけ言えることがあります」十和子の夫は深く息を吐く。「それが僕にできる、ただひとつの愛し方だということです」

カーラジオではポール・マッカートニーの来日が決まったことをＤＪが告げている。

「この来日公演に行かなければ、生きている意味がない」とＤＪは叫び、ビートルズの曲が流れ始めた。「Can't Buy Me Love」と、ポール・マッカートニーがシャウトする。

お金で、愛は買えない。

誰もがそう信じている。そう信じようとしている。だが果たしてそうなのだろうか。

きっとお金で、愛は買える。人の心も買える。だからこそ僕らは、お金では買えない、愛や心を探している。


ぼんやりと光る駅舎が、フロントガラスの先に見えてきた。

「もうすぐ駅ですね」

そう呟くと同時に、十和子の夫がアクセルを踏み込む。軽自動車がガタガタと揺れる。その音が、ポール・マッカートニーの歌声を塗りつぶしていく。

暗闇の中は何も見えない。建物も、人間も。ただ、駅舎だけがきらきらと光っている。

一男はその光を見ながら、十和子の美しく磨かれた爪のことを思い出していた。

百瀬の賭

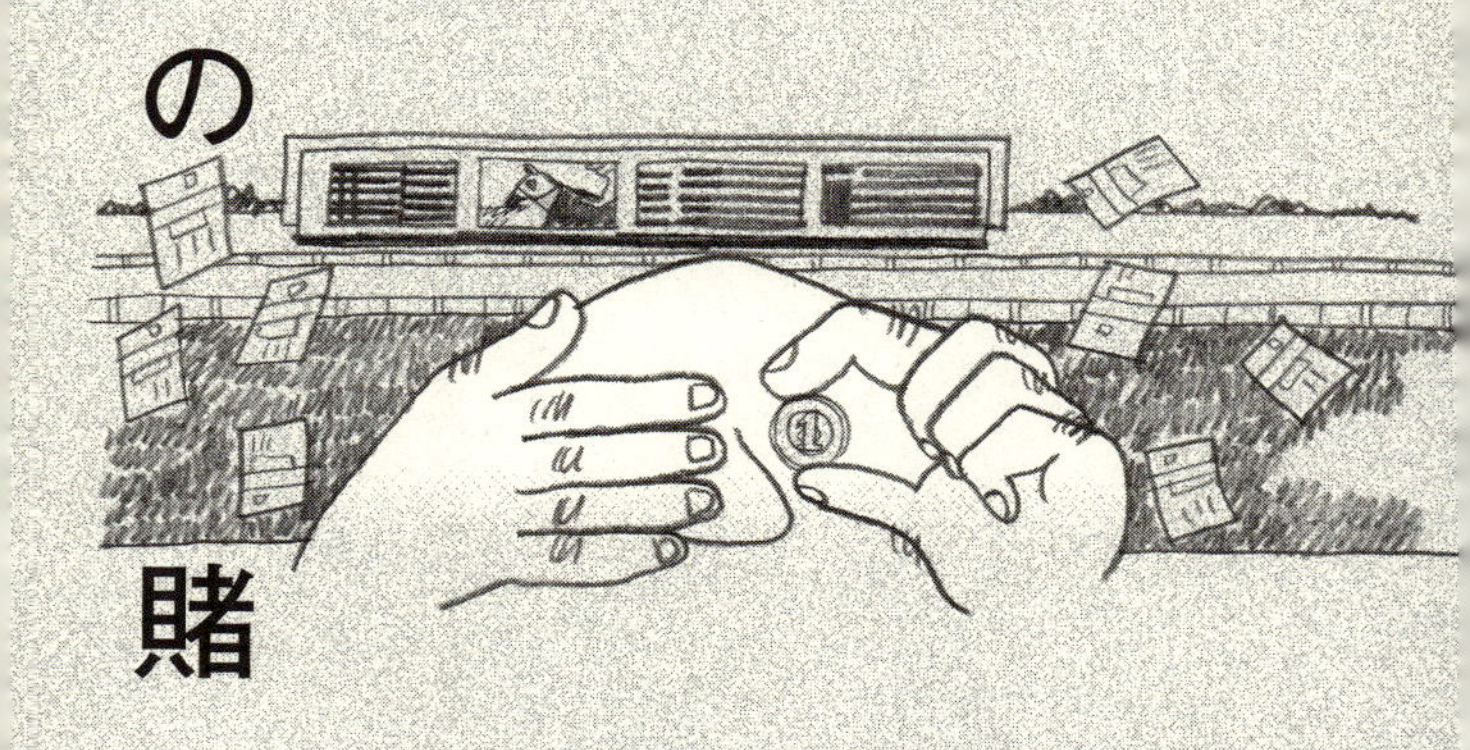

濃緑の芝の上で、艶のある躰(からだ)がきらきらと光る。十六頭がなだれ込むように、最終コーナーを回ってきた。足元が揺れる。地鳴りのような歓声が競馬場を包み込む。騎手が鞭を打つと、サラブレッドの筋肉が浮き上がり加速する。ダダッダダダ。遠くからでも、その足音が聞こえる。土混じりの芝が散り、先頭集団から一頭、二頭とこぼれ落ちていく。馬の列が、水飴のように長く伸びていく。

四番の馬が抜け出し、七番が後を追う。二頭が群衆の前を横切り、ゴールに向けて競(せ)り合う。鞭が連続して入る音が聞こえた。背後から、まだら模様の馬が猛烈な勢いで迫ってくる。一気に二頭を抜き去ると、弾丸のようにゴールを駆け抜けた。コンマ何秒か遅れて、四番と七番がなだれ込む。

歓声が怒号に変わり、スタンドに馬券の紙吹雪が舞う。欲望そのものを音にしたかのような声、声、声。ぐおおおお。ひとつの大きな塊になって、怪獣の咆哮(ほうこう)のように響き渡る。

「万馬券や！」百瀬が叫び、一男の肩を摑んだ。「あんた、億万長者や！」

興奮を抑えられないのか、口の端から白い泡が次々と飛ぶ。彼の声がほとんど聞き取れなかった。幾重にもフィルターがかけられたかのように判然とせず、視界も乳白色の膜に覆われていた。

三千万円の借金。三億円の宝くじ。一夜で消えた現金。そしてふたたび、億万長者へ。双六（すごろく）のように、めまぐるしく転がる人生。果たしてこのゲームのゴールに待ち受けているのはどんな結末なのだろうか。一男は観覧席の手すりにつかまり、震える体をなんとか支えながら、馬に踏み荒らされた芝を眺めていた。

「え？　なんや？　九十九はんを捜しとるん？」

受話器越しに野太い声が聞こえてきた。何かに追い立てられ、苛ついているような早口。喉に髪の毛が絡みついたような声は聞き取りにくく、受話器を強く耳に当てた。

「……はい。彼の居場所をご存じないかと思いまして」

一男は声の主の機嫌を損ねないように、丁寧に答えた。

「知らん知らん。ほなさいなら」

「ちょっと待ってください！　どんなことでもいいので九十九のことを教えてもらえませんか？　何か手がかりとなるかもしれないので。込み入った事情があるんです……」

十和子に百瀬の連絡先を聞いた一男は、翌日から何度も電話をかけた。けれどもコールの途中で常に留守電に切り替わった。電話をかけ続けて四日目。この番号は間違いなのではないかと疑い始めた頃、百瀬が電話に出た。

一男は九十九と自分が大学時代の友人であること、十五年間音信不通だったが宝くじの当せんをきっかけに再会したこと、三億円を九十九に持ち逃げされ彼を捜していることを伝えた。百瀬なら何か知っているかもしれないと、十和子に言われたことも。百瀬はせっかちに相槌を打ちながら、一男の話を聞いていた。

「しゃあないな。ごっつう面倒くさいけど会(お)うたるわ。ほな日曜日に」百瀬は待ち合わせ場所を指定し「スーツでおいでや。スーツやで」と早口で言うと、慌ただしく電話を切った。

駅からの道は、競馬新聞を手にした客で溢れかえっていた。灰色の人並みに揉まれながら歩いていると突然視界が開け、並木の先に真新しい建物が見えた。百瀬に指示されたとおり、入口に立っているブラックスーツの男に声をかける。

男は一男を先導して競馬場の裏手に回り、エレベーターに乗った。五階まで昇るあいだに渡された「馬主席」のバッジを胸につけながら、臙脂(えんじ)色の絨毯の上を急いで歩く。馬主専用のレストランやバーカウンターを通過して、ブラックスーツの男はどんどん奥へと進む。

突き当たりまできて、男は扉を開けた。ガラスで覆われたドームのような空間が広がる。太陽光が明るく差し込むこの場所からは競馬場が一望でき、ガラスの先には絵の具で描いたような鮮やかな緑の芝生が広がっている。

どうやらここは馬主の中でも、特別な人だけが入れるＶＩＰエリアのようだ。古くから馬主として競馬場に通っているような老齢の男性や、派手なスーツに身を包んだ実業家風の青年たちが、シャンパンのグラスを傾けたり、フルーツをつまんだりしながら談笑している。彼らが連れてきたであろう、着飾った女性の姿も見受けられる。一男はそのフロアの奥にある個室に案内された。

ブラックスーツの男が静かにドアを開けると、中にはいくつかの丸テーブルと革のソファがあり、ガラス扉の先には大きなバルコニーが見えた。競馬場を正面スタンドの中央から見下ろすことができ、貴族にでもなったかのような気がした。

部屋の中央に、坊主頭の巨漢がいた。ひとりでソファに足を大きく広げて座り、テレビ画面の中で走る馬に向かってぼそぼそと何かを呟いていた。目の前の競馬場でレースが行われているのに、そちらには見向きもせず中継されているテレビにかじりついている。

「そうや……そうや……そのままや」

水色のダブルのスーツに、黄色のネクタイ。重そうな金のネックレスに、ダイヤモンドが盤面にちりばめられた腕時計。威圧的な容姿に一男は怯んだが、この男と話さない限り九十九を見つけることはできない。背後からそっと近づき、声をかけた。

「百瀬さん……ですよね？」

「ちょっと待ってや！　そうや……そのままや……」

外から地鳴りのような歓声が聞こえてきた。窓越しにサラブレッドが競り合いながら、最終コーナーを回ってくるのが見える。テレビ画面に視線を移すと、リピート再生のように同じ場面が流れている。そうや！　そうやっ！　百瀬は立ち上がり、その太い指でテレビの角を握りしめながら画面に向かって叫ぶ。

「あが！　あがあああー！！！」

百瀬の絶叫とともに、サラブレッドたちが次々とゴールになだれ込んだ。百瀬はしばらくのあいだ「あがあが」と漏らしながらソファに座り込み、そのまま動かなくなった。まるで銃殺された熊のようだった。死んでいるはずなのに、近づくことができないまがしさがある。

「……どうしたんですか？」

沈黙に耐えかねて、一男はおそるおそる訊ねる。

「ああ……やってもうた……またやってもうた……」

百瀬は、熊のように毛むくじゃらの手で頭を抱えた。

「負けたんですか？」

「いや……ちゃう……」

「え？」

「また勝ってもうた……」百瀬は顔を上げると、一男を細い目でじっと見つめて言う。

「また……万馬券や」

「いくら勝ったんですか？」

「……一億円」

「一億円？」

「そうや一億円や！　もうおしまいや！　こんな大金入ったら……ボ、ボ、ボクの人生狂ってまう！」

激しく首を振りながら、百瀬は叫んだ。馬主席で大金を手にして嘆き悲しむ巨漢を見つめながら、この状況こそが狂っていると一男は思った。けれども、借金生活から突然億万長者となり、あっという間にそのお金を失った自分も似たようなものなのかもしれない。貧しさは人間を狂わせる。同じように、あり余る富も人間を狂わせるのだ。

「百瀬さん……」

「もうおしまいや……おしまいや……」

「そんなこと……」

「もうおしまいまいまい……なんつって！」百瀬が黄ばんだ歯を見せながら、にかっと笑う。ところどころに嵌められた金歯が鈍く光る。「アホか自分？　どこの世界に一億円もろて悲しむ奴がおんねん！」

人を馬鹿にした目、蔑んだ声。その底意地の悪さに辟易（へきえき）したが、彼に対しての複雑な感情を整理している時間はなかった。一男は、深々と頭を下げて言う。

「……今日はお時間いただき、ありがとうございます」

「ほんまやで。感謝してもらわな。ボクは時給百万の男やで。タイムイズマネーや。それでどないしたんや。九十九はんのお友達さん」

「電話でもお話ししたのですが、僕が宝くじで当てたお金を九十九が持ったまま、失踪したんです。彼の居場所の手がかりが何もなくて。だから、少しでも彼のことを知りたいと思っています。昔の話でも何でもいいんです。教えてもらえませんか？」

「なんぼや？」

「え？　何がですか？」

「キミの金や、九十九はんが持ち逃げしたっちゅう」

「……三億円です」

「三億？　知らん知らん！　キミのそんなはした金！」

百瀬はそう言うと、腰を屈めテーブルの下に落ちていた一円玉を丸々とした指で拾い上げ、ポケットにしまいながら声を張る。

「そんなはした金なんか知らんちゅうねん！」

かつてアメリカの大富豪、ジョン・ロックフェラーは「十セントを大切にしない心が、君をボーイのままにしているんだよ」と、〝はした金〟の大切さを説いたと言うが、百瀬が一円玉を拾う姿は、ただひたすらに卑しさだけを感じさせた。

「だいたいキミに付き合うたら金くれるんか？　ボクが得するんか？」

「すみません……情けないのですが僕からお渡しできるものはありません」

「都合のいいやっちゃなあ……いまキミと話しているこの時間、金額換算したらいくらやと思うてるん？　ごっつ高いで」

一男はすぐに言葉を返すことができず、うつむいた。汚れた安い革靴が、柔らかい臙脂色の絨毯の上で居場所をなくしているように見えた。こうべを垂れたまま、絞り出すように話した。

「……わがまま言って申し訳ありません。九十九がいなくなって、三億円もなくなって、正直どうしたらいいか分からないんです。僕には借金もある、家族もいる。だからどうしても、九十九を見つけて三億円を取り戻さなくてはいけないんです」

突然、分厚い手で肩を摑まれた。百瀬の太い指が、小刻みに震えていた。先ほどまでの強面が、まるで仮面だったかのような温和な笑顔。その目には涙が光り、いまにも溢れ出しそうだった。

「きっと辛かったんやな……分かるで。三億円が急に入ってきて、なくなったわけや。混乱するのも当然のことや。同情するで。つまらん冗談ばかり言うてもうてほんますまん。かんにんや。お詫びと言うたらなんやけど、なんでも聞いてくれや。分かることは全部答えたるから」

指で涙を拭いながら笑いかける百瀬を見て、申し訳ない気持ちになった。よく考えてみれば、九十九の友人なのだ。本当は嫌な人間ではないはずだ。あの悪態も、彼にとっては身を守るための鎧のようなものなのかもしれない。

「百瀬さん……ありがとうございます」

一男は深々と頭を下げた。百瀬はそのお辞儀を制しながら続ける。

「ちょうどボクも、そろそろ金のゲームはおしまいにしたいと思ってたとこなんや。最近ようやく気付いたんよ。世の中、金じゃ買えへんもんもぎょうさんあるってことを。いわゆるプライスレスっちゅうやつやな。忘れられへん思い出とか、かけがえのない家族の愛情とかそういうやつや。そういう金で買えへん幸せっちゅうもんをいくつ持っているかっていうのが、人生の豊かさを決める。そういうことやな」

「本当ですね……僕もそう思います」

　ふいに込み上げたのか、百瀬が顔を伏せる。一男の肩を摑んでいた手がまた震えだした。ううう、と嗚咽のように巨体から声が漏れる。彼もまた、お金に人生を振り回された被害者なのかもしれない。大丈夫ですか？　一男が声をかけると、百瀬が顔をゆっくりと上げ、にんまりと笑った。ふたたび金歯が鈍く光る。

「ううう……笑いこらえるの必死や」

「はい？」

「なに気持ちの悪い話に乗っかってきてんねん自分。ホンマきしょいねん！　プライレス？？　んなはずあるかいボケぇ！　この世の中、金さえあればなんでも済むやろ！」

　百瀬は、火山が噴火したかのように大声で笑った。個室の中に、嘲笑が響き渡る。こんなに楽しい遊びはないと言わんばかりの笑い声を聞きながら力が抜けていく。この男と話していても、九十九の手がかりは何も得ることができないだろう。

「帰ります」

　一男は百瀬に背を向け、足早にドアに向かった。お金はどこまでも人間を狂わせ弄ぶ。これ以上馬鹿にされるのは耐えられなかった。背後から、しゃがれた声が聞こえた。

「キミは、なんでここに来たんや？」

　まるで別人のような、理知的で落ち着いた声だった。百瀬に背中を向けたまま一男は答える。

「……九十九を見つけなきゃいけないからです」

「それはちゃうな」

「違う？」

「キミはボクを見に来たんや。大金を手に入れた男の人生が、どんなもんなんかを見たかったんや」

「……そうかもしれません」一男は振り返り、百瀬の顔を見た。笑顔はもうそこにはなかった。「僕は……お金と幸せの答えを知りたい」

「金と幸せの答えでっか？」

「十五年前、九十九はその答えを見つけてくると言い残し、僕の元から去っていった。でも久々に会ったあいつは、ただ三億円を持って消えたんです。僕は九十九にまだ答えを聞いていない。百瀬さんに会えばその答えが見つかるかもしれないと思っていました」

百瀬はソファに座り、目を伏せた。その姿は、なぜだか悲しそうに見えた。うつむいたまま動かなくなった彼に頭を下げると、一男はドアを開けた。

「ちょい待ちいや！」

「なんですか？」

「……一度だけ賭けてみいひんか？　一回付き合うてくれたら、九十九はんのことも話したる。それにせっかくここまで来たんや。あんたの金の運、試してみようや」

百瀬の賭け。思わぬ提案に困惑し、テレビ画面に目を向ける。ぐるぐるとパドックを回る筋肉質な競走馬たち。アナウンサーが、次のレースに出走する馬の戦歴を淡々と読み上げていた。

「動機はお金ではない。本当に面白いのはゲームをすることだ」

アメリカの不動産王として君臨し、のちに大統領になったドナルド・トランプは言った。同様に、百瀬はきっとゲームをしている。さっきからずっと、弱者を弄ぶ遊びに興じているだけだ。また騙され、馬鹿にされるのはごめんだった。けれども他に選択肢はなかった。九十九を見つけるためには、百瀬から手がかりを聞き出さなければならない。たとえそれが彼のゲームだったとしても、一男はその賭けに乗るしかなかった。

「……分かりました。賭けてみます。一度だけ」

一男が頷くと、よっしゃ！　と百瀬はソファから立ち上がり、丸テーブルを取り囲む椅子に座った。

「ほな早速やりまっか！」

百瀬は競馬新聞を横目で見ながら、ノートパソコンをパチパチと打つ。それから、赤ペンで新聞にメモを入れ、テレビに映るパドックの様子を見て、さらにパソコンに数字を打ち込む。この工程を三回ほど繰り返したあと、百瀬は机の上に束で置いてあるマークシートを手に取り、鉛筆でマークを入れていく。

見よう見まねで競馬新聞を広げ、赤ペンを持った。◎◯▲△×。十六頭の馬にそれぞれの記者の勝敗予想がついている。その下にはここ数戦での各馬の成績が米粒より小さな字で書かれている。何をどうすればよいのか、まったく分からない。

「なんや自分、初めてか」

「そうなんです」

「ほなしゃあない。ボクと同じもん買えばええわ。なんぼ出せる?」

「財布に一万円は入っていますが……」

「あかんあかん。そんなはした金。ボクが貸したるわ。ついておいでや」

そう言うと、百瀬は毛足の長い絨毯に足を埋めながら個室を出た。ドアのすぐ目の前にあるＶＩＰ専用の馬券売場窓口に行き「おばちゃん、換金してや」と言って先ほどの万馬券を手渡す。一億円の現金が、そんなにすぐに出てくるはずがないだろう。一男は銀行でのやりとりを思い出した。当せん券の鑑定から、当せん後のお金のあり方まで、一時間にわたる銀行員たちとのやりとりが繰り広げられ、それでも現金がその場で渡されることはなかった。

ものの五分で、大量の百万円の束が馬券売場窓口の向こうに置かれた。一億円の現金は金庫にしまわれるのでもなく、アタッシェケースに詰め込まれるのでもなく、競馬場の名前が記されたごく普通の紙袋に投げ込むように入れられていく。福引きのティッシュを受け取るよりも簡単な手続きだった。二つの紙袋に札束が詰め込まれ、その場で百瀬に手渡された。あの銀行での時間はいったい何だったのだろうか。人が人を選ぶのと同じように、お金も人を選ぶということか。

パンパンにふくれた紙袋を両手に持って部屋に戻ってきた百瀬は「お披露目や」と紙袋を逆さまにした。ぼたぼたと札束が落ちて、机の上に広がる。あっという間に目の前が、気難しい顔をした福沢諭吉に占拠されてしまった。

「これがさっき勝った分の一億円や。これは運の良い諭吉(ゆき)っちゃんたちやで。この中から百万円、キミに貸したるわ」

百瀬は百万円の束を手に取り、一男に放る。慌てて捕まえた札束は、やけに重く感じた。これが本当に百グラムなのだろうか。

「こんな大金借りられません。それに競馬で勝つなんて、僕には無理です」

「一世一代の勝負を賭(と)すチャンスやで。今のボクには運がある。この諭吉っちゃんたちにも運がある。それに何もキミに考えろとは言うてへんやろ。キミはただボクの言うとおりに買えばええねん。その百万円をそこにいる黒服のおにいちゃんに渡せば、同じ馬券を買うてくれるから」

「ちょっと待ってください。そんなすぐにですか？」

「そうや。今やのうていつやるんや？　次のレース、十二番から四番、ここは堅い。あとは七番か九番で悩むんやけど。うーんと……最後はキミが選んで」

「え？」

「七番か九番。キミが決めなはれ」

決めることなど、到底できない。当てられるはずもない。百万円の賭け。三連単の最後の一頭。倍率はいずれも百倍以上で、当たれば一億円の馬券だ。気づけば手に汗が滲み、札束を湿らせていた。

「ボクにとっても賭けやな」青ざめている一男を見ながら、百瀬は金歯を見せる。「三億円の宝くじを当てた男の運に、最後は乗っからせてもらうで」

そうだ。三億円の宝くじを当てたのだ。摑んだ運を、みずから失った。ここでもう一度、取り戻さなくてはならない。一男は力を込めて、札束を握り直す。手の中で一万円札がしなる。テレビからは、まもなく出走馬がゲートインすることを告げるアナウンスが聞こえてきた。

「……七番でお願いします！」

答えた直後、胃から何かがこみ上げてきた。取り返しがつかない過ちを犯したのではないかと気が焦る。待ってくれ！　喉元まで声がせり上がり発されようとした瞬間、遮るように百瀬がブラックスーツの男に叫んだ。

「十二番から四番、あと七番の三連単！　ボクと彼、百万円ずつや！」

夢を見ているかのように、視点が定まらなかった。一男の肩を抱きかかえ、揺らしながら百瀬が何かを叫んでいる。けれども、言葉が聞き取れない。目の前を十二番、四番、七番の馬が駆け抜けていった。

「キミ億万長者やで！」

言葉が耳に届いた瞬間、見えているものすべてにピントが合い、音が鮮明になった。バルコニーから競馬場を見下ろしながら震えていた。膝から下が自分のものではないかのように力が入らなかった。百瀬は興奮しながら続ける。

「もう九十九はんに盗られた三億円を取り戻そうなんて考えるんはやめや。その一億円を三倍にすればええやん。そうすればもうチャラや。キミには今運があるし、ボクもいる。ボクらは最強のふたりやで！」

「でも急に一億円なんて……混乱します。なんとお礼を言ったらいいのか……」

「キミは賭けに勝ったんや。堂々とせな。それに、これからがほんまの勝負やで。まだまだや。まだあと二億足りひんのやろ」

テレビからは着順を伝えるアナウンスが流れてきていた。十二番、四番、七番。繰り返される数字と競走馬の名前。いずれもが、何かの呪文のように聞こえる。

「それはそうですが、何度も勝てるとは思えません」

「キミはほんまにアホやな。まさかボクが勘とやらで馬券を買うてるとか思うてるんか」

「違うんですか?」

「あたりまえやろ! 勘なんかで勝てるわけないやろ。計算や!」

百瀬はふたたび椅子に腰掛けると、競馬新聞を睨みながらパソコンのキーボードをタイプした。

「計算? 競馬なんて、ほとんど運とか偶然じゃないんですか?」

テレビの中では、次のレースに出走する馬たちがパドックを回っている。この場所は、正常になることを許さない。大波が岸辺に打ち寄せるように、次から次へと欲望が駆り立てられる。

「キミはほんまに分かっとらへんな。賭けをするということと、それに勝つということは根本的に違うねん。ただ馬券を買うんとちゃうんやで、勝つ馬に賭けるということや。運や偶然に期待したって勝てるはずないやろ。ほとんどのギャンブルは計算せな負けてまう。逆にデータを集めてちゃんと分析したら、勝率はどんどん上がる」

早口でまくしたてると、百瀬はバルコニーに出る。一男は後を追って外に出た。客が出たり入ったりを繰り返し、レースが終わったばかりの競馬場が放熱しているかのように見えた。百瀬は階下のスタンドに群がる人々を見下ろしながら言う。

「そやのにここにいるボンクラどもは賭けていることばかりに囚われて賭けに勝つという意識が飛んでるんや。思考停止やな。ギャンブルに必要なんは勇気とか度胸ちゃうで。計算なんや」

熊のような体軀(たいく)の男から繰り返される「計算」という言葉。一男の驚きを見透かすように続ける。

「そんなに計算しているようには見えへんって思ったやろ。ほんまやで。ボクが九十九はんと事業を始めたとき、彼が思いついたことをぜんぶボクがプログラムで補完してたんや。そやから、あの会社があそこまで大きいなったんやで。ほんまに、いいコンビやったんや。そんでな、そんな天才のボクがはっきりとキミに言えることがある」

「なんですか？」

「最終レースは堅い」

「堅い？」

「そうやガチガチや。これは絶対に勝てるレースや。ボクの言うとおり買えば、負けるはずがあらへん」

タタタッと素早くタイプをすると、百瀬は目を細めた。彼のがさつな印象とは不調和に、指の動きだけは冷静だった。それは彼が優秀なプログラマーであったことを一男に納得させた。

「どうしてそんなことを確信持って言えるんですか?」

「次のレースにボクの馬が出るからや。実はこのコースでボクの馬はダントツのタイムを持ってる。でも、わざと今回は低いレベルのレースに出した。確実に勝つためにや。小さいオッズやけど、単勝でも一億円突っ込めば、一気に三億円や。こんなこと、絶対教えたらあかんのやけど、キミが九十九はんの友達やということで特別に教えたるわけや。最終レース、一世一代の大勝負に勝って三億円を自力で取り戻そうや」

そんなにうまくいくはずがない。一億円も勝ったのだ。これ以上の勝ちなんてあるはずがない。ここでやめておくべきだ。理性がそう叫んでいた。けれどもそれと同時に、腹の底から御しがたい熱い塊が吐き気のように込み上げてきた。賭けるべきだ。まだいける。一気に三億円。すべてチャラにするんだ。膨らんだ塊が暴れ、叫んでいた。

「分かりました。一億円、賭けてみます」

一男はその欲に賭けた。込み上げてくる熱い塊の力を信じてみようと思った。

「よっしゃ!　そうこな」百瀬は力強く一男の背中を叩くと、ブラックスーツの男に向かってしゃがれた声で叫んだ。「おい！　ボクとこのコの馬券頼むわ。単勝で十三番！　それぞれ一億円分や！」

臙脂色の絨毯を歩いていく百瀬の大きな靴を見つめながら後を追う。エレベーターに乗り込み、壁面にもたれかかって天を仰ぐ。着慣れないスーツの脇が汗でぐっしょりと濡れていた。今、一億円の大勝負をしている。けれども実感が湧かない。意識が断続的になり、自分がまるで飛び石のように点々と水面を移動しているような気がしてくる。

「せっかくの大勝負なんやから、一番賑やかなところで見届けようや」

百瀬に連れられて、スタンド席の客が集まるフードコートにやってきた。百瀬はカウンター越しに、二五〇円の一番安いかけそばを注文する。

「下界は下界の良さがあるで。大勝負の前に腹ごしらえや」

やきそば四五〇円。たこやき四〇〇円。カレー四〇〇円。ラーメン五〇〇円。煌々と光るパネルに表示された食べ物とその値段。それらを口にするための対価としてのお金と、今賭けているお金は確かに同じものだ。けれどもそう考えることが、どうしてもできなかった。一男はたこやきを選んだ。プラスチックのパックから熱が手のひらに伝わってくるが、食欲はまったく湧いてこなかった。唾液が干からび、胃が働くことを拒否していた。このパック二十五万個分の賭けをしている。

十二時を過ぎ、どのカウンターにも長蛇の列ができ始める。フードコートでずるずるとそばをすする百瀬の横で、たこやきを口に入れる。ゴムのような食感で、味もまったくしない。先ほどから、五感がすべて殺されてしまったようだった。周りを見回すと、ぎらついた目をした男たちが床に競馬新聞を敷いて座り、テレビに映るパドックの様子を食い入るように見つめている。自前のキャンピングチェアを置き、がなり立てるように話し合っている男たちもいた。誰もがなけなしのお金を賭け、欲を暴れるがままにさせている。

おいキミ。口を開け、そばをくちゃくちゃと嚙みながら百瀬が話しかけてきた。

「金にはふたつの種類があるって知ってるか?」

一男がようやくたこやきを飲み込むと、周りを見回しながら百瀬は声をひそめる。

「内緒やで」

「はい内緒で」

「それは……入ってくる金と、出ていく金や」

百瀬の口元に耳を近づけていた一男は、思わず顔を遠ざける。

「そんなの、あたりまえじゃないですか」

「そう、あたりまえや。でもキミらみたいな貧乏人は、入ってくる金と、出ていく金をまるで別物やと思っとる。目的もなくただ貯金してたかと思ったら、ある日突然浪費してみたりする。金というのは入ってくるんと、出ていくんとを組み合わせて初めて意味が出てくるのに、その意識がないんや。キミもあそこで競馬新聞を持ってるおっちゃんらも、こんなあたりまえのことを分かってへん。というか分かろうとせえへん。そんな奴らは一生金持ちにはなれへん」

百瀬は、残ったそばを一気にすすり上げる。不快な音とともに、茶色の汁が白いテーブルの上に飛び散る。気づけばまわりのテーブルすべてに客がいて、百瀬同様に安いかけそばをすすっていた。

「そんなキミも、あそこにいるおっちゃんらも、簡単に金持ちになる方法が一つだけあるんやで。教えたろか？」

「ぜひ」

「内緒やで」

「はい内緒で」

百瀬は一男の鼻先まで口を近づけ、にやりと笑う。ネギの青臭い匂いがした。一男は思わず顔を背ける。

「ほんまに簡単や。金を使わんと、貯めればええねん」

「それこそ、あたりまえのことじゃないですか」

「そうや。でもキミらみたいな貧乏人は、貧しいくせに道ばたの一円玉を拾わへんやろ。

ボクは必ず拾う。さっきキミはバカにした目で見たやろ。でも、一円を笑うもんは一円に泣くって、あれはホンマなんやで。競馬がほんの数秒で決まるのと同じで、たった一円が勝負を分けることもあるというのんを、ボクらは知ってる。使わんと貯めておけば、いつか大きな勝負がやってくる。そのときに一円でも多いほうがええに決まってるやろ。だから、来たるべき日に備えて一円玉でも拾う」

百瀬は勢い良く語り終えると、どんぶりに残っていた濃い茶色の汁を一気に飲み干し水色のスーツの袖で口元を拭いた。シミが点々と布地につくが、意に介さないように口を開く。

「この世界ではあたりまえちゃうことのほうがとかく目立つし、良く思われたりする。でも勝つためには、あたりまえを見つける目が必要なんや。そして見つけたことをバカにせんと、あたりまえにやる。そんだけで、ほとんどの勝負は勝つことができる。でもそれが案外難しい。この競馬場でそこらへんを歩いている奴に、そのことに気づいている奴は誰もおらへん。みんな自分の欲とか恐怖に囚われて、あたりまえのことを見失う」

競馬場から壮大なファンファーレの音が聞こえてきた。フロアにいた男たちが、追い立てられた羊のようにスタンド席へと移動を始める。

「さあ、もう時間や。一世一代の大勝負。世間にまみれて賭けを楽しもうや」

　百瀬は人の波をかき分けて、スタンドに入っていく。突然割り込んできた巨漢に皆が怪訝そうな目を向けるが、その風貌を見るやいなやすぐさま道をあけていく。さながら『十戒』のモーゼのように突き進む百瀬の背後にぴったりと寄り添いながら、一男はスタンドの最前列にやってきた。

　目の前には、緑の芝が広がっている。近くで見る芝は上から見たときよりも瑞々しく、その青い匂いは生命を感じさせた。冷たいが、気持ちのよい風が吹いている。コースに入場してきたサラブレッドが、白い息を吐きながらスタート位置に向けて駆けていく。その勇ましい姿にスタンドから歓声が上がり、望遠レンズをつけたカメラマンたちが次々とシャッターを切る。

「十三番や」百瀬が耳元で囁く。

「え？　何がですか？」一男は真顔で訊ねる。

「あほ。忘れたんかい。ボクの馬や。他に何があんねん」

「そうか。十三番ですね」

「せや。騎手は赤い星のついた勝負服を着とる。ボクらの運命の赤い星や」

　競走馬が次々とゲートの中に入っていく。二頭ほどが抵抗を試みるものの、押し込められるように鉄の囲いに入れられた。ふたたびファンファーレが鳴り、スタンドから地鳴りのような歓声が上がる。数秒の静寂。収まっていたはずの熱い塊がまた込み上げてきた。次の瞬間ゲートが開き、サラブレッドが一斉に飛び出した。黒い躰が、跳ねるように走る。赤、白、黄色、紫、緑、そして青。騎手たちの勝負服が、その黒の上で揺れて見える。

スタンドがざわめいた。七番の馬が抜け出した。逃げ切るつもりなのか、どんどんスピードを上げる。第一コーナーを曲がる頃には、すでに最後部に振り落とされる馬が出てきた。十三番。十三番。十三番。心の中で呟きながら、赤い星を見つめた。独走する七番から少し離れて、二番手集団が追いかけている。その最後尾で、自分の運命が必死に駆けていた。

不思議だった。これほどまでの大金を賭けていたとしても、遠くのコーナーを走っているときは、なぜだか他人事に思える。けれどもコーナーを回って、ゴールに近づいてくると、次第に実感が湧いてくる。遠巻きに眺めていたはずの竜巻に数分後に巻き込まれてしまうかのように、たった二分間でそれが心の中にまで飛び込んできて、欲望や感情をかき乱して攫っていってしまう。

各馬が第四コーナーを回ってきた。ゴールまでの直線距離は五百メートル。鞭が次々と入り、一気にスピードが上がる。サラブレッドたちが息を切らし、喘ぐ声が聞こえてくる。その声を塗りつぶすかのように、スタンドに怒号が響き渡る。

ぐおおおお。あの怪獣の咆哮だ。気付くと一男も、その咆哮の一部になって叫んでいた。ぐおおおお。ぐおおおお。叫ばずにはいられなかった。腹の底から湧き上がる塊を声にして吐き出さなければ、気が狂ってしまいそうだった。

先頭を走っていた七番の馬がずるずると後退して、二番手集団に飲み込まれていく。入れ替わるように、集団の中から二頭の馬が飛び出した。黄色の勝負服の一番の馬、そして運命の赤い星、十三番だ。きた！　百瀬が声を漏らすのと同時に、いけ！　と叫んだ。一番と十三番。それぞれの馬に、連続して鞭が入る。筋肉が浮かび上がりスピードが上がった。二頭の馬が競り合いながらゴールに近づいた瞬間、十三番の馬が跳ね、はじき飛ばされるように赤い星が消えた。

あかん落馬や！　百瀬が頭を抱える。その声をかき消すような大絶叫が競馬場に響きわたり、一番の馬がゴールに飛び込んだ。サラブレッドが駆け抜けたあともうずくまっていた赤い星の騎手は、よろよろと立ち上がって馬を追いながら歩いていく。行き場を失った十三番の馬は、迷子のように芝の上を彷徨っていた。

レースが終わってからしばらくの間、スタンドで立ち尽くしていた。言葉を失なっている一男に、百瀬が声をかけた。

「計算では、どうにもならんことがあるんや。天変地異が予測できないのと同じように、動物にも計算外のことが起きる。人間も馬も動物である以上、過ちは必ず起こり、そして繰り返す」

あまりにも無責任な口ぶりだったが、怒る気にはなれなかった。彼が言うとおり、自分はお金の運を試し、ごく自然な結論としてそれがなかったことが証明されただけだ。

「かわいそうやけどこれが競馬や。賭け事っちゅうもんや。また振り出しに戻っただけや。というかそれ以前の問題やったんやけど……」

不自然な言葉に引っかかり、百瀬を見た。それ以前の問題とはどういうことなのか。

「……今日の馬券のことや」

「馬券……ですか？」

百瀬は窮屈そうにスタンドの小さな席に腰をおろし、電光掲示板を眺めている。映し出されている数々の数字の組み合わせが、お金を呼びよせる暗号に見える。

「今日、最初からキミの馬券なんて一円も買うてへんのや」

「えっ……？」

喧騒が遠のいた。「一円も買うてへん」。百瀬のクセのある関西弁が何度もリフレインする。頭の中で、銀色の一円玉が輪となって回転していた。どういうことだ？　漫画の吹き出しのように言葉が文字として浮かび上がるのだが、それを発することができない。

「そやから、キミは馬券を一回も買うてへんていうことや。ボクの分はちゃんと買ってたんやで。でも、キミのんは買わんようにボクが黒服のおにいちゃんらに前もって話しておいた。だから、万馬券当てて一億円勝ったさっきのレースも、一億円を単勝に突っ込んで負けた今のレースも、馬券は買われてへんかったちゅうことや。金はあくまでキミの頭の中で動いていただけや」

この男はいったい何をしたいのだ。理由が理解できず体が震えたが、よく考えてみるとまだゲームが続いていたということなのだろう。百瀬は電光掲示板を見たまま淡々と続ける。

「なんでこんなことするんや、と思ってるやろうな。でもキミは『お金と幸せの答え』を求めてた。だからボクなりにその答えを伝えようと思ったんや。キミはここに来る前と、今とで何ひとつ変わってへん。頭の中で、百万円が一億円になって、それがゼロ円になった。まあでもお金も幸せも、所詮そんなもんちゅうことやねん。実体なんて何もあらへん。キミの頭の中で動いた金と、本物の金の違いなんてたいしてあらへんのや」

競馬場の裏手にある馬主用の駐車場から、ストレッチリムジンがゆっくりと動き出す。その後部座席で、一男は百瀬と向かい合いながら座り、スモークがかかった窓の外に見えるねずみ色の空を眺めていた。

「これ、九十九はんも好きやったな。飲まないと調子が出ないって、よく話してたわ。真似してるうちにボクもすっかり中毒や」

百瀬がシート脇に置かれたコーラのペットボトルを開けた。赤いボトルを掲げ、どうや？　と勧められたが頭を振った。なにも口にする気になれなかった。百瀬は喉を鳴らして、吸い込むようにコーラを飲む。あっという間に黒い液体は、ボトル半分に減った。

「……昔、繁華街の路地でトラック運転手が一億円拾ったことがあるやろ？」

「確かありましたね……そんなニュース」

「あんだけニュースになったのに、金の持ち主は現れへんかった。どうしてやろ？」

「まずいお金だったんじゃないですか？　裏金とか脱税とか」

「いや、ボクは違うと思うんや」

百瀬が大きなげっぷをした。香料の甘い香りがリムジンの車内に漂う。いつも落語研究会の部室に漂っていた匂い。部室の片隅でコーラを飲む九十九を思い出した。彼がそれ以外の飲み物を持っているのを見たことがなかった。

「あの一億円の持ち主は、金を捨てたかったんやと思う。金がいらなくて仕方がない人間ちゅうのもこの世界にはおると思うねん」

「そんな人、見たことありません」

「あるで」

「え？」

「だってボクがそうやから」

クラクションが、けたたましく鳴った。競馬場帰りの男たちが車道まで広がって歩いていた。ブラックスーツのドライバーが、二度三度と警笛を鳴らす。ようやく道をあけた男たちの間を縫うようにリムジンが走りだす。男たちはまるで餓鬼のように血走った目でこちらを見ていた。車内にいるのがどんな人間なのか、透視するかのような目だった。不穏な気持ちになり向かいに目を遣ったとき、一男は強張った。百瀬の目は、外の餓鬼たちとまったく同じだった。

「九十九はんと大きくした会社を売って、ボクらはそれぞれ十億円を超える金を手に入れた。でもそのあとなんにもやる気がのうなって、毎日競馬やパチンコをやって過ごした。とにかくギャンブルでこのあぶく銭を一気に使い切ろうとした。でも、ボクは悲しいかな賭け事の才能があった。才能というよりは、ただボクの計算と賭け事の相性がよかっただけやと思う。とにかく、金を使ってしまおうと思ったんやけど、賭ければ賭けるほど増えてまうんや。ミダス王の黄金の手ってあるやろ。触れるものをすべて黄金に変えてしまう王様の話。まさにボクはあの王様そのものやった……」

長く黒い車体が都心のきらびやかな道を走っていく。街行く人が異形の車に目を留める。百瀬は注がれる視線を受けながら、噛みしめるようにゆっくりと話す。何かに追われているような、先ほどまでの早口はそこにはなかった。

「そうなるともう悲惨や。ボクのところに来る奴すべてが金目当てに見える。本物の友情があるはずやのに裏切られることに怯え、本当の恋をしているはずなのに金が目当てやと思うようになる。おかげで友達も恋人もできなくなった。しまいにはおとんもおかんも次々に体壊して死んでもうた。ボクも三度も倒れて大手術をしてん。金との因果関係はさすがにないかと思うんやけど、何もかも手に入れることが許されへんのやとしたら、きっと神様はどこかで帳尻を合わせようとしてたんやと思う」

百瀬はペットボトルにわずかに残ったコーラを一気に飲み干す。ベコッとボトルがへこむ音が車内に響く。空になったボトルを見つめながら、彼は深いため息をついた。

「人間は欲望のために働く生き物やと思うねん。買えるであろう喜びを手に入れるために、金を欲しがる。でも金がもたらしてくれる喜びなんて長続きはせえへん。その先にあるのは恐怖や。金持ちは金を失う恐怖を、金で打ち消そうとする。せやから金を貯め込む。あってもあってもまだ稼ごうとする。でも、その先に知ることになるんや。貯めれば貯めるほど、恐怖がもっと強くなっていくちゅうことを。だから、あの捨てられていた一億円の持ち主は恐怖に耐えられへんかったんやと思う。心から金を捨てたかったんやと思う」

「富は海の水に似ている。それを飲めば飲むほど、喉が渇いていく」

幸福について考え続けた哲学者のショーペンハウアーは言った。一男は目の前にいる百瀬が、広大な海の上をひとりで漂流している姿を想像した。太陽が照りつけるなか、みすぼらしいいかだに百瀬が乗っている。足元には空になったコーラのペットボトル。目の前に無限の水があるのにもかかわらず、それを飲めば飲むほど喉は渇き、やがて彼を死に至らしめる。

くすんだ銀色の工場の前に、ストレッチリムジンが停まった。重厚なエンジン音を耳にした従業員たちがパン工場から顔を出す。遠巻きにリムジンを眺め、降りてきたのが一男だと分かると一様に目を見開いた。追って百瀬がドアを開けると、皆が目をそらし足早に工場の中へと戻っていった。

今日はありがとうございました。人がいなくなった工場の入り口で、一男は頭を下げる。日はすっかり暮れており、かすかにパン酵母の匂いが漂ってくる。それが、仕事がまもなく始まることを告げていた。

「九十九はん、見つかるとええな。三億円の金もそうやけど、彼はキミの親友やったんやろ？　だったらなおさら見つけるべきや。ボクも九十九はんに救われた。会社に入る前、みんなボクの風体を見て憎たらしい変人やと思って避けていたんや。でも九十九はんだけは、ボクに賭けてくれた。『なんでボクなんや？』って聞いたら、九十九はんは『勘だよ』って言うんや。『人を信じるときに、そこに計算はないはずだ。信用は不確実で、不合理だ。騙されることも多いし、外れることも多い。でも、僕は君を信じたい。

君に賭けたいと思うんだ。この気持ちは勘としか表現しようがない』。そう言って、珍しく笑ったんや。そやから九十九はんが賭けに勝てるように、ボクは頑張った。金に対しては誰よりも勉強した。でも九十九はんもボクと同じやった。金が放っておいても増えていって、周りの人間がおかしくなってもうた。九十九はんは、今は百億円以上持っとるはずや。ほんならキミの三億円に本来興味はないはずや。何か理由があると信じたい」

「僕もそう信じたいんです。でも彼からは連絡がないし、居場所も分からない」

九十九が脳裏に現れた。目を伏せながら、右の口角をすこしだけ上げている。笑っているのだ。九十九への道が、次から次へと閉ざされていく。十和子も百瀬も、九十九の居場所を知らない。三億円の在処も分からない。残された道は、あとひとつ。

「次は千住に会いに行くんやろ」百瀬は一男の心の中を読み取ったかのように言う。「ボクは嫌いやけど、あいつなら何か知っているかもしれへん。千住は九十九はんの親友やったから」

親友、という言葉に傷つけられたような気がした。十五年も会っていなかったのに、まだ彼には自分しかいないと信じていた。やはり会いにいかなくてはならない。最後の男、千住という名の親友に。

「賭けって言葉、印象悪いやろ。でもボクはこの言葉好きなんや」去り際にウインドウを開け、百瀬は笑いながら言った。「だって何かに賭けるってことは、信用するってことやろ。それって素敵なことやと思うねん。やから、ボクはキミに賭けてみようと思う。キミが九十九はんを見つけ出すことに賭けたい。これは計算ではのうて勘でしかない。でも今は、勘に賭けてみたいんや」

その賭けに勝ったとき、百瀬が手にするものは何か。一男には想像すらできなかった。ただひとつ、その報酬がお金ではないことだけははっきりしていた。

一男は、砂利を踏みしめながら工場へと向かう。気がつくと、競馬場を出てからもずっと耳の中で鳴り響いていたあの怪獣の咆哮が、聞こえなくなっていた。

千住の罪

シートベルトを締めると、待ちわびていたかのように飛行機が動き出した。九十九はまばたきもせず、口をぽっかりと開け肩で息をしている。その姿がまるでピエロのようで、思わず一男は吹き出した。一男の笑顔を見てようやく安心したのか、九十九は口角の右を少しだけ上げると同時に激しくむせた。

空港に接近していた台風の影響で、飛行機の到着が遅れた。乗り継ぎ便に飛び込むため、一男と九十九は空港の端から端まで全力で走ってきた。

パリのシャルル・ド・ゴール国際空港から、モロッコの玄関口であるカサブランカまでは三時間。そこでまた飛行機を乗り換えて、一男と九十九は旅の目的地であるマラケシュに入った。日本を出発してから、すでに二十三時間が経過していた。

卒業間際のふたりが部室を片付けているときに、偶然発見したビデオテープがあった。運命にたぐり寄せられるように、一男と九十九はその映画を狭い部室で観た。

「観光客は着いたときに帰ることを考え始めるが、旅人は帰らないこともある」

裕福な夫婦が、ニューヨークから砂漠の街へとやってきた。波止場に着いて早々に妻は言う。

「あなたはただの観光客だけど、私は旅人でもあるのよ」

かつて愛し合ったふたりも、十年の時を経て冷めきった関係になっていた。モロッコの街からサハラ砂漠へ、ふたりは絆を取り戻すための旅に出る。けれども道半ばで夫は病に冒され命を落とし、妻は砂漠に姿を消した。

死の淵を彷徨ったあと保護された妻は、うわごとのように言う。すべて失ってしまった。彼女にはカバンも、お金も、夫も、人間として生きる意味も残されていなかった。彼女は何も持たずに、出発点であったホテルに戻ってくる。そこにいた老人が語る言葉で映画は終わる。

「人は自分の死を予知できず、人生を尽きせぬ泉だと思いこんでいる。だが自分の人生を左右したと思えるほど大切な思い出を、あと何回心に思い浮かべることができるのか？　せいぜい四、五回だろう。あと何回満月を眺めることができるのか？　せいぜい二十回だろう。人はその機会が無限にあると思い込んでいる」

全編にわたり、けだるさが漂っていた。いつも見ている楽しげな映画とはまるで違うのに、なぜだか目を離すことができなかった。シネマスコープで映し出されるサハラ砂漠は、崇高な美しさをたたえながらも限りなく絶望的に見えた。その中では、いかなる高度な文明も無意味になってしまう。お金など何の役にも立たない。けれども人間はそんなことには無自覚に日々を過ごし、満月をあと二十回程度しか眺めることができないことに気付かないで生きている。

エンドロールが始まると、九十九がコーラを一気に飲み干した。興奮している証拠だった。チャップリンやビリー・ワイルダーなどの古典を好んでいた九十九だったが、すっかりその映画の虜になってしまった。モロッコにどうしようもなく惹かれると、彼は繰り返した。いつになく熱心な九十九の提案により、ふたりでそこに旅することに決めた。

一男は幾度か東南アジアに行っていたが、九十九にとっては初めての海外旅行だった。旅慣れた友人たちは危険が二倍になるだけだと反対したが、九十九はためらわなかった。一男と九十九。ふたり合わせて百、パーフェクトなのだと。

マラケシュのメナラ空港から三十ディルハム（三百五十円ほどだ）の乗り合いバスに乗った。窓から見える夜のマラケシュの街並みは驚くほど真っ暗で、幾重にも黒い絵の具を塗り重ねたようだった。ところどころ陥没した悪路の上を、揺れながらバスは走り続ける。数分に一度Y字路が現れ、運転手が右へ左へ、都度ハンドルを切る。どちらに進んだとしても、道は依然として暗かった。

　思えばいつも、九十九とふたりで暗闇の中にいた。寄席やホールの片隅から、九十九はあの黒猫のような目で、ライトに照らされた高座をじっと見つめていた。

　三十分が過ぎ、このまま暗闇から抜け出せないのではないかと思い始めた頃、道の遥か先にぼんやりと光が見えてきた。たどり着いた場所は、ジャマ・エル・フナと呼ばれる大きな広場だった。すべてが黒色に覆われた世界で、そこだけが無数の電球により光り輝いていた。アラビア語で〝死者の集会〟を意味するその広場には、数えきれないほどの人影が彷徨っていた。

「すごいよ九十九！」

　一男は興奮して、隣にいた九十九の袖を引いた。

「あ、ああ、すごいな」

　九十九は目を見開いて首を振り、そこで起こっていることすべてを見ようとしていた。大道芸人、踊り子、歌い手、小劇団、画家、講釈師や蛇使いがひしめき合い、めいめいの芸を披露していた。どの芸にもそれなりの観客がいて、拍手や歓声が送られていた。

「九十九おちつけ。ゆっくり行こう」

　一男が声をかけると、九十九は前を見たまま二度頷いた。光の中に飛び込むと、周りを見回しながら九十九が追いかけてくる。びっしりと立ち並んだ屋台では、ドライフルーツ、オレンジジュースから、カタツムリの煮物、羊の脳味噌の焼きものなどが売られていた。屋台はどこも盛況で、人々が肩を寄せ合いながら皿をつついていた。

「キミタチ　ニホンジン？」

片言の日本語に驚き振り返ると、モロッコ人の少年が潤んだ瞳でこちらを見ていた。一男の腰ほどの背丈。身なりは汚れているが、浅黒く引き締まった体で、端正な顔立ちをしていた。

「ホテル　キメタ？　ボク　アンナイスルヨ　トテモイイホテル　コチキテ」少年は、大きな身振りで手招きしてくる。「ダイジョウブ　ニホンジン　スキ　トモダチ　オカネイラナイ」

どう思う？　屋台で買ったソーセージを頬張りながら訊ねると、煮込まれたカタツムリに挑戦するかどうか悩んでいた九十九が顔を上げた。

「い、いいんじゃないかな」少年の目をじっと見つめる。「お金もいらないみたいだし」

「そうだね。どのみち宿も決めていないし。行ってみようか」

「うん。こ、子どもだし、悪い奴じゃなさそうだ」

少年はふたりを先導しながら、高い壁に覆われた迷路を歩いていく。道は四方八方に広がっており、すべてが曲線的で複雑だった。光り輝いていたジャマ・エル・フナから離れていけばいくほど、道は狭くなり闇が深くなる。道端には目を光らせた野犬や浮浪者がいて、唸りながら一男たちを見ている。少年は小走りに先を行く。彼を見失ったら、もう戻ることはできない。一男と九十九は急ぎ足でその背中を追いかける。少年はときどき振り返り「ダイジョウブ　ダイジョウブ」と繰り返す。いったいどこに連れていかれるのだろうか？　数分前の安易な決断を一男は後悔したが、彼についていくしかなかった。

二十分ほど前後左右に振り回され恐怖心が麻痺し始めた頃、少年が古い木製のドアの前で足を止めた。「ココガ　ホテル」と言って、大きな鉄の金具でドアをノックする。宿の男がずっと待っていたかのような顔で現れて、入れと首を斜め後ろに傾けた。一男と九十九が顔を見合わせて敷居をまたぐと、少年が眉を八の字にし涙を浮かべながら両手を差し出した。汚れた小さな手が、器のような形になる。先ほどまでとはまるで別人のような悲しげな声で「バクシーシ」と繰り返す。あまりにも巧く作られた表情に見えた。何度も繰り返されているであろう、哀れみを喚起する声が耳に届く。

「Give him some money」と流暢な英語で宿の男が言う。援護を得た少年が「バクシーシ　オンリー　テン　ディルハム」と続ける。

やはりそういうことか、と一男は思った。この手のやり口は東南アジアで何度か体験した。よく考えてみれば、少年のボランティアなど存在するはずがない。奉仕は金持ちのやることであり、これはれっきとした彼らのビジネスなのだ。抵抗しても仕方がない。

一男が諦めて財布から十ディルハム硬貨を取り出すと、手首を摑まれた。

「は、払う必要はないよ。彼はお、お金はいらないって言ったんだ」

「でも案内してくれたわけだし。仕方がないよ」

「そ、それは違うよ一男くん」九十九は摑んだ指に力を入れた。「ぼ、僕は別に、お金が惜しいわけじゃないんだ。たかだか百円ほどの金額だ。でも確かに彼は『お金はいらない』と言ったんだ」

言い切ると、九十九は少年を振り切って中に入った。置いていかれそうになった一男が急いでその後に続こうとしたとき、少年が突然険しい表情を作りシャツの裾を引っ張った。子どもとは思えないほどの強い力だった。「Ｆｕｃｋ　Ｙｏｕ！」。歯を食いしばり、一男を睨みながら叫んだ。路地で見た野犬のように、醜く歪んだ顔だった。一男は逃げ込むように宿の中に入り、ドアをかたく閉めた。宿の男は、仕方がないことだ、と言うかのように肩をすくめて一男と九十九を見た。

夜中の二時を回っても、目は冴えていた。少年の表情がまぶたに焼き付いて離れなかった。「Ｆｕｃｋ　Ｙｏｕ！」。少年の声が、何度も甦ってくる。たった百円を払えば嫌な気持ちにさせられなくて済んだのに、なぜ九十九はあのとき頑（かたく）なな態度をとったのだろうか。理由を聞こうと思ったが、九十九は隣のベッドで身じろぎもせずに眠っていた。飛行機が初めてだった彼は、機内で一睡もしていなかった。

朝はけたたましいインコの鳴き声と共にやってきた。尿意を催し部屋の外に出た一男は、目の前の光景に息を呑んだ。昨夜は暗くて気付かなかったが、ここはリヤドというアラビア式の中庭がある宿で、吹き抜けになった中庭を取り囲むように部屋が並んでいた。蔦(つた)や赤い花で美しく飾られた吹き抜けの先には晴れ渡った空が見え、その濃い青を見て一男は自分がモロッコに来たことを実感した。

遠くにジャマ・エル・フナを望むリヤドの屋上で、一男と九十九は甘いミントティーを飲んだ。朝日に照らされるマラケシュの街は、夜の陰鬱とした雰囲気とは対照的にからっと抜けた明るさがあり、沈みこんでいた気持ちを少し浮上させた。ふたりで地図を見ながら話し合い、スークと呼ばれる市場に向かうことを決めた。

銀細工、木工品、革細工にシルク。商品ごとに、寄り添うように店が並んでいた。スークは住宅街より、さらに細かい迷路になっていた。奥に進むと、モザイクのタイル、ペルシア絨毯、バブーシュにスパイスと、この土地らしい店がひしめき合う。どの店も壁や天井にまで、ところ狭しと商品が並べられていた。これほどまでに物があり、それを売る人たちと買う人たちが同等にいることが信じられなかった。

沸き上がってくる熱気と、動物と植物の臭いが混ざり合うスークの中を、熱に浮かされたように歩き回った。地図はなんの意味もなさなかった。子どもが巨大迷路で遊ぶかのようにでたらめに歩き、同じ場所を行きつ戻りつしながら見て回った。

スークの一番奥には、小さな陶器の店があった。どの店よりも狭く、その外観は汚れていた。ただ、その佇まいにはどこか惹かれるものがあった。暗い店内には、老齢の小柄な男がいた。顔は髭に覆われ、着ているガウンもボロボロで、みすぼらしかった。陶器屋の男は小さな木製の椅子に座り、簡素なギターのような楽器を演奏している。たった二本の弦から奏でられるそのメロディは、シンプルながらも心を震わせる力があった。

音楽に引き寄せられ、一男と九十九は店に入った。陶器屋は静かに立ち上がり、電球を点けた。乳白色の光が広がり、店の中を照らす。思わず息を呑んだ。店内は外観と打って変わって埃ひとつなく清潔に保たれており、鮮やかな紺や臙脂、紫や薄緑で彩られた皿や茶器が整然と並べられていた。隣を見ると、九十九も同様に声を失っていた。

陶器をみずから買おうなどと、考えたことすらなかった。けれども、これらの皿や茶器を心から欲しいと思った。言葉こそ交わさなかったが、九十九も同じことを考えているようだった。一男はいくつかの陶器を見比べた後に、白地に紺色の紋様が描かれた千円程度の皿を一枚だけ買うことにした。

一方、九十九は陶器屋としつこく値引き交渉をしていた。彼が選んだ皿はいずれも一万円を超えていた。ひとつ皿を選び買値を提示すると、そんなに安くはできないと陶器屋は別の皿を奥から引っ張り出してきて、これならどうかと見せてくる。新たな皿もまた美しいもので、九十九の買う皿はどんどん増えていった。まるでテニスの試合をみているようだった。互いに、正しい価値を理解している者同士のラリー。

九十九は陶器屋との商談に夢中になっていた。楽しくて仕方ないと言わんばかりに、その黒い瞳が爛々(らんらん)と光っている。あっという間に数十分が経過し、外が暗くなり始めた。一男がその闇を感じた瞬間、体の芯から寒気が噴き上がってきた。間もなく高熱に冒されることを予感させた。乗り継ぎ便の機内が寒過ぎたせいか、それとも昨夜食べた屋台の食事が原因か。いや、慣れない土地で歩き回って疲れただけだ。宿に戻って少し休めばすぐ良くなるはずだ。そう自分に言い聞かせるが、体の震えは止まらない。上半身の寒気は足の爪先まで広がり、体中が粟立(あわだ)った。立っていられなくなり、その場でうずくまる。

「か、一男くん！　どうしたの？　顔が白い……」

異変に気付いた九十九が駆け寄る。大丈夫だよ、と答えようとするが声にならない。うぅ、と力ない声を一男は漏らす。

「い、医者を呼んでくる！」

九十九が店を飛び出した。朦朧(もうろう)とした視界の中で、その猫背が小さくなっていく。

「行かないでくれ、九十九」と声に出したかったが、乾いた喉はまるで蓋をされているかのようで、声は音とならずに空中へと消えていく。九十九の姿が見えなくなるのと同時に、街頭の大型スピーカーから大音量で野太い男の声が呪文のように聞こえてくる。怖い、怖い、怖い。耐えがたい恐怖から意識を遮断するかのように、一男は気を失った。

目を覚ますと、柔らかなリネンに包まれたベッドの上にいた。天蓋があり、レースが木製のベッド全体を覆っていた。絵に描いたようなペルシア風のベッド。何時間眠り続けたのだろうか。熱はすっかり下がったようで、寒気も頭痛もなくなっていた。けれども起き上がろうとすると体がずっしりと重い。それだけが高熱に苦しめられていた名残りとなっていた。

ここはどこだ？　一男はベッドから起き上がった。重い足を引きずって窓辺に歩み寄り、うめき声を上げながら目を見開いた。そこには、広大な砂漠があった。芥子（からし）色の砂が、どこまでも広がっている。いてもたってもいられなくなり部屋を飛び出した。長い廊下には複雑な模様のペルシア絨毯が隅から隅まで敷き詰められており、その左右には部屋への扉が八つほど並んでいた。ジャスミンの香りが薫る廊下を進み、分厚い扉を開けて外に出る。

背の高いヤシの木が立ち並び、らくだと馬がそれぞれ数十頭ずつ繋がれていた。すり鉢状になった砂漠のくぼみには、大きな池を抱え込むようにオアシスが広がっている。啞然として振り返ると、そこには砂漠を見下ろす白い豪邸があった。

言葉を失っている一男の元に、男がやってきた。濃紺のシルクに身を包み、真っ白なターバンを巻いている。手や首には宝石で飾り付けられた金の装飾品が幾重にも巻かれていて、彼が裕福であることが一目で分かった。よく見ると、あの陶器屋の男だった。スークにいたときとはまるで別人だった。

陶器屋の後ろには、長身の男が盆を持って立っていた。勧められ、銀のコップに入ったオレンジジュースを一気に飲み干す。甘酸っぱい香りが口の中から鼻に抜けていった。水分と糖分で満たされ、体が一気に軽くなる。

「……ありがとうございます。ここはどこですか？」

一男が片言の英語で訊ねると、陶器屋は笑顔で家に手をかざし、それから自分の胸にあてた。ここは私の家だ、ということなのだろう。陶器屋は、片言の英語に身振り手振りを交えながら、一男がこの場所に来た経緯を話した。

昨夜、店から飛び出した九十九はなかなか戻ってこなかった。一男の意識は戻らず、顔は白から土気色へと変わっていった。このままでは危険だと陶器屋は判断し、器を包んでいた毛布で一男を包んで車の荷台に乗せた。砂漠の邸宅に一男を運び、住み込んでいる医者にいくつかの薬を処方させたのだという。

陶器屋は明日も店を開けるので、一男をマラケシュまで送り届けてくれるという。街に戻り宿に帰れば、きっと九十九と再会できる。「もし君たちが親友なのであれば」と彼は言った。それから日が落ちるまでの数時間、一男は言われるがままに砂漠をらくだで散策し、オアシスの池でボートに乗って過ごした。まるで映画の中に入り込んでしまったようだったが、そのあいだもずっと九十九のことが気がかりだった。

ベルベルミュージックの楽団が、太鼓をたたきながら円座になり歌っていた。月と砂漠が一望できるテラスで夕食をとりながら、一男は陶器屋の人生にまつわる不思議な物語を聞くことになった。

陶器屋は、フェズ郊外の貧しい家で生まれた。彼には幼い頃から、美しく端正な陶器を作る才能があった。やがてそれらの皿や茶器を、マラケシュのスークに置いてもらうようになった。彼の陶器の評判はすぐに広まり、とてもよく売れた。

彼は得たお金で、スークの一番奥に小さな店を開いた。薄暗い店で、みすぼらしいガウンを纏い、汚れた顔で皿や鍋を売った。彼が作る陶器は他のどの店より華麗で、丈夫だった。一男のように何も知らず店に入っても、彼の品はすぐに人の心を摑んだ。十数年の間で、彼がこねた土からできた器は多額のお金へと換わっていた。美しい妻を娶り、七人の子どもに恵まれた彼は、オアシスが目の前に広がる砂漠の土地を手に入れ、そこに大きな家を建てた。

彼は大金持ちになったが、働き方を変えることはなかった。毎日深夜に起きて器を作り、朝日が昇るのと同時に汚れた衣装に着替え街に出かける。スークの一番奥まで陶器を運び、店の中にそれらを並べ、楽器を奏でながら客を待つ。そして客が来たら、ある程度の値引きに応じつつ、一枚でも多く皿を買ってもらう。

「なぜ、店を大きくしなかったのですか？」一男が訊ねると、必要ないからだと陶器屋は答えた。「必要もないし、これが一番よく売れる方法だ」

彼は店を増やしたり、贅沢な生活を自慢するようなことをしなかった。砂漠の中に隠れるように家を建て、いつもどおりのみすぼらしい格好で働く。それが商売を続ける上で必然だと考えていた。虚栄心や欲望をなくすことが、富のある幸せな生活を続けるための最良の選択だった。

「世間は、金持ちを尊重し、偉人として認識する」

経済学の父、アダム・スミスは言った。陶器屋は、この言葉が真理であるのと同時に、そこには〝続き〟が存在すると思っていた。「世間は、金持ちを尊重し、偉人として認識する。けれども偉人となった人間の幸せは長くは続かない」と。果たして彼は「金持ち」にはなったが「偉人」にはならないことを選択した。そうして、長い幸せを享受する道を選んだ。

夜、一男はベッドで何度も目を覚まし、九十九の寂しげな目を思い出した。きっと怯えているだろう。ひとりあの街で途方に暮れているはずだ。でも、今はどうすることもできない。連絡手段もない。眠れないまま、窓の外の砂漠を眺めた。そこにはまったく音がなかった。

月が空の真上にきた頃、突然ドアを叩く音が遠くで聞こえた。続いて慌てて廊下を走る足音が近づき、一男の部屋の前で止まった。ドアを開けて入ってきたのは九十九だった。顔はすっかり日に焼けて、服は砂と埃でどろどろになっていた。

部屋に入るなり九十九は、ここまでの道のりをまくしたてるように話した。それらはいずれもとりとめがなかったが、彼にとって命がけの大冒険だったということだけは分かった。九十九の汚れた顔を見ていたら、涙がこみあげてきた。けれども先に泣き出したのは九十九の方だった。

「ご、ごめん一男くん。不安だっただろう。怖い思いをしただろう。あ、あのとき君を置いて医者など探しに行かなければよかった。ずっと後悔してたんだ。そもそも僕がモロッコに行きたいなどと言い出さなければ、こんなことにはならなかった。ご、ごめん一男くん。ごめんなさい……ごめんなさい……」

言葉にならず、鼻をすすりながら九十九は涙を零(こぼ)した。しまいには、うずくまって大声で泣き始めた。ありがとう。もう泣くなよ。一男は九十九の元にそっと歩み寄り、その体を抱きしめた。

なぜ九十九があれほどまでに泣いたのか。そのときの一男には理解することができなかった。けれども今なら分かる気がする。

「観光客は着いたときに帰ることを考え始めるが、旅人は帰らないこともある」

　モロッコの旅において、一男は観光客だったが、九十九は旅人だった。一男にとっては無限に見えた月も、九十九にとっては最後に見る月だった。九十九は帰らないことを決めていた。あの旅で、彼は一男に別れを告げることを決めていたのだ。

$

「お金は世界に君臨する神である」

　イギリスの神学者、トマス・フラーは言った。お金の前では誰もが跪（ひざまず）き、頭（こうべ）を垂れる。世界共通の神が存在するのだとしたら、それはお金なのかもしれない。壇上にいる男を見ていたら、ふとそんな言葉を思い出した。

「あなたは今幸せですか？　健康ですか？　成功を実感していますか？　それを実現するために充分なお金がありますか？」

　光沢のあるブラックスーツの中に黄色のタートルネックのセーターを着て、両手首には金色の数珠をつけている。九十九の親友。消えた三億円に繋がる、最後の手がかり。

「わたくしは……今からあなたたちに……お金と幸せの答えを教えてあげましょう」

大仰なヘッドセットマイクを装着し、思わせぶりな間を作りながら男は語る。パイプ椅子が整然と並べられたホールの最後列から、一男はその様を眺めていた。都心のビジネス街の片隅にひっそりと立つビルの八階にある、白い壁の味気ない空間。正方形の窓は朝からブラインドが下ろされており、蛍光灯の光がその無機質さを際立たせていた。

一男の前には百人あまりの男女が整然と並び、千住の言葉に耳を傾けている。彼の背後の壁には「ミリオネア・ニューワールド」と書かれた大きな看板が掲げられ、左右には福沢諭吉とベンジャミン・フランクリン（百ドル札に印刷されているあの男だ）の肖像画が飾られている。無機質なホールにおいて、そのふたつの顔は明らかに不調和で、会場に響き渡る聖歌のような曲と相まって一男を一層居心地悪くさせた。

百瀬と別れた後、二日間電話をかけ続けたが、千住は出なかった。困り果てた一男は、インターネットで千住を検索した。居場所はすぐに判明した。彼は現在、都内で「ミリオネア・ニューワールド」という億万長者セミナーを開催しており、定期的に集会を開いていた。

公式サイトには千住の写真が大きく載っていた。黒いスーツに、黄色のタートルネック。長髪を光沢のある整髪料でオールバックにして、まるで通信販売のセールスマンのような貼り付けた笑顔でこちらに手を差し伸べている。写真をクリックすると「ミリオネア・メンター」と書かれた千住のプロフィールのページが現れた。

　大学を中退し南米大陸を放浪していた千住は、そのときに訪れた世界最南端の街・ウシュアイアで〝神〟に出会った。そこで「お金と幸せの答え」を宣託され帰国後すぐさま起業した。ビジネスは「すべてが夢のようにうまくいき」、瞬く間に億万長者となった。その後、会社を売り払い莫大な資産を得た彼は、仕事の一線から身を引き、今は「お金と幸せの答え」をより多くの人に伝えるために「ミリオネア・ニューワールド」を開催しているのだという。

　必要以上に色鮮やかな、造花のようなグロテスクさを感じた。何もかもが気味の悪い美談で固められているこの団体に数多くの会員が参加して、高い収益を上げている。なぜ彼らは疑わないのか？　信じがたかった。だが本物の花よりも造花のほうが美しいと思う人間もいるのだろう。枯れないこと、朽ちないこと、何も失うことがない世界。たとえそれが嘘で作られていたとしても、それに憧れ、渇望する人間たちがいる。だからこそ、いつの時代も千住のような人間が繰り返し現れる。

　九十九のことで知りたいことがある、会って欲しい。公式サイトのメッセージ欄に書き込み送信したが、返ってきたのは事務局からのメールで、しかも千住のセッションへの案内だった。参加費は二万円。本来なら五日間で八十万円のコースだが、初回は特別価格で提供しているということを、恩着せがましく繰り返していた。ほとんどがコピー&ペーストで作り上げられているであろうそのメールには、何度も「お金と幸せの答え」という言葉が出てきた。その言葉を目にするたびに、千住が九十九と近い関係であることを感じた。一男は覚悟を決めて二万円を振り込み、セッションに参加することにした。


「一生懸命勉強をして、有名大学を卒業して、いい就職をすれば金持ちになれる……それは本当ですか?」

少年合唱団による聖歌が流れ始めた。声変わりを迎えていない無垢な少年たちの声に重ねるように、千住は続ける。

「答えはNO。そんな時代はとっくに終わっている。現代の金持ちは、そんな既定のルートをたどった人たちではない。ではどうやったら金持ちになれるのか……その方法を学校や親は教えてくれますか?」

参加者は微動だにせず、黙ったまま千住を見つめている。その視線を受け止めながら、彼は微笑む。言葉と言葉の間が、粘り気のある糸で引き合っているようだ。

「……もちろん答えはNO。学校も親もお金の本質を何も教えてくれない。理由は単純です。誰もお金のことを知らないからです。もし教育が正しくお金について教えてきたとしたら、銀行員は皆金持ちのはずです。国家が財政難で苦しむこともない。会計士になっても、ＭＢＡを取得しても結果は同じ。今までのルールでいくらお金について勉強しても、この世界では金持ちになれない。では、いったい誰にお金のことを教えてもらえばよいのでしょうか？」

一男は千住を見つめる。秩序正しく並んだ白い歯に、自信に満ちあふれた声。けれども、その目の奥には暗い闇が見えた。コンクリートの床に座り、カップラーメンをすする九十九と同じ黒だった。

「答えは明確です。お金のことはお金を持っている人に教えてもらうしかない。結果を出しているのは彼らだけだからです。とはいえ、いくら彼らが書いた本を読んだって仕方がない。それらはすでに死んでいる教えだからです。本に記され、多くの人が共有してしまった時点で、あなたを正しく導く教えにはならない。世界のルールはすでに変わってしまっているのです」

短時間で急激に聴衆が引き込まれていくのが、最後列から眺めているとよく分かった。怪しいにちがいない、騙されるかもしれない。誰しもが少なからず不安や疑念を抱えてやってくる。けれども「金持ちになれるかもしれない」という欲望の塊が千住の言葉によって湧き上がってくる。

「皆さんが金持ちになれない理由は明快にあります。すべては無知が原因なのです。

『ひとりの金持ちが存在するためには、少なくとも五百人の貧乏人がいなければならない』とアダム・スミスは言っています。正解。この世界はアンフェアだ。『金持ちより貧乏人のほうが幸せだ』なんてことを言って、いつまでも貧乏人を思考停止させたままにしているのは決まって富を持っている人間たちです。『お金がすべてじゃない』などと触れ回っている人に限って、たんまりとお金を持っている」

千住の宣託は続く。次第にノートや手帳を開く参加者が現れる。ひとりがメモを取り始めると、ドミノ倒しのようにその隣の人間もペンを持つ。わずか五分ほどで、参加者のほとんどが熱心にペンを走らせる状態になっていた。

「無知は悪魔です。皆さんには、まったく新しい『お金と幸せの答え』が必要です。もしその答えを見つけることができなければ、あなたの親や先生と同じ過ちを繰り返すのです。まずは、お金の正体を知ってください。そうでなければ皆さんは、一生国に税金を払うために働き、会社のオーナーのために勤め、銀行にローンを返すために生きていくことになる。最も楽しく過ごせる時期に、みずからの幸せを人生の脇に追いやって、使えもしないお金のために働いて過ごすことになる。それでは奴隷と一緒です。皆さんは奴隷状態から一刻も早く脱却する必要があるんです」

長い腕を大きく開き、ロックスターのようにステージの端から端まで歩く。破綻のない笑顔だが、その目は参加者を見下しているように見えた。お金の教祖のごとく振る舞うこの男と九十九は、本当に親友だったのだろうか。

「皆さん……もう教育や政治のせいにするのはやめませんか？　問題は自分自身なのですから。お金は変わりません。教師も政治家も国家も変わりません。でも自分を変えることは、それらに比べたら容易いことです。さあ今から、わたくしと一緒に『お金と幸せの答え』を見つけましょう」

千住の話に区切りがつくのと同時に、真っ白な紙がセッションの参加者に配られる。アシスタントたちが無駄のない動作で配布を終え、参加者全員が紙を手にしたのを認めた千住がふたたび話し出す。

「お金が無限にあったとしたら……あなたは何をしますか？　何を手に入れますか？　何でもいいんです。どんなことでもいい。制限は何もありません。あなたの想像力を最大限働かせて……すべて書き出してみてください。時間は三分間です」

聖歌は終盤を迎え、少年合唱団のコーラスに、女性ソプラノ歌手の声が重なっていく。メロディに後押しされたかのように参加者が一斉にペンを取る。大学受験のようなその様に圧倒されながらも、一男も同様に白紙に向かう。

借金返済。海外旅行。健康長寿。書き出していくが、何ひとつ現実感がない。欲しいもの、やりたいこと、行きたい場所。それらは本当に自分が望んでいることなのか。途方に暮れた一男は、左に座る中年男性と、右に座る若い女性の手元をのぞき見る。世界一周。大きな家。幸せな家族。断片的に見えてくる文字。胸が苦しくなり、哀しみがこみ上げてきた。きっとここにいる誰もが、同じようなことを書いている。皆が揃って、漠然とした夢のためにお金を求めている。

「欲しいものや、やりたいことは具体的に書いてください」見透かすように千住が言った。「お金は、具体的な夢を好みます。ぼんやりとした夢に、お金は近づいてきません。さあ想像力を働かせて。ひとつでも多く、はっきりと。あなたの夢は、まもなくすべて叶います」

振り返れば、何も考えずに欲しがったり失ったりしてきた人生だった。必死になって書き出している夢。世界一周。大きな家。幸せな家族。でも実は行きたい場所なんてどこにもないのだろう。〝ここではないどこか〟を求めているだけ。お金がそれら芒洋(ぼうよう)とした夢や欲望に、姿かたちを与えてくれると期待しているだけなのだ。

終わりです、と千住が手を叩く。参加者たちが夢から覚めたかのように身を起こす。

「皆さん……今書いた夢はすべて叶えることができます。ただ、そのためには決心することが必要です。今日までの自分と決別して新しい自分に生まれ変わる……その方法がひとつだけあります」

ふたたび言葉と言葉が粘り気のある糸で引き合い始めた。充分すぎるほどの間を取りながら千住が語りかける。参加者の誰もが、次の言葉を待ち望んでいる。

「まず一万円札を取り出し、両手で持ってください」

　皆が一斉にかがみ込み、足元にあるバッグやズボンのポケットに入っていた財布から一万円札を取り出す。事前の告知メールに「参加費とは別に、一万円札を必ず持ってきてください」と書かれていた。

「皆さんはこれから新しい人生へと踏み出すのです。心を決められた方にはわたくしがミリオネア・ニューワールドへのパスポートをお渡しします。この中で決心された方は……いますか？」

　数秒の静寂ののち「はい！」と甲高い声が最前列から上がった。背が低く太った男が手を挙げ、上気した顔でステージに駆け上がる。灰色のスーツの背中が汗でぐっしょりと濡れていた。

「ではそこのあなた……わたくしの前に来てください……そして一万円札を両手で掲げてください」太った男は千住の目の前に立つ。疲れ切った顔と不調和に、目だけが輝いている。「これから、この一万円札があなたにとって新しい人生へのパスポートになります。とはいってもこのままでは、ただの一万円札です。これからあなたには……お金を超える力を手に入れていただきます」

　皆が息を飲み、ステージを見つめていた。不安と期待が入り交じった高揚感。その気持ちをすべて引き受けたかのように千住は力強く言う。

「では……今からその一万円札を破いてください！」

白い空間にざわめきが広がる。お金を求めてやってきたのに、それを破かせるのか。そんなことはできない。心の声が集まり、言葉にならないノイズとなる。

一万円札を破いたことがある人間が、どれだけいるのだろうか。千人にひとりもいないだろう。それはきっと、そこに信仰があるからだ。宗教画を燃やすことができず、仏像を壊せないのと同じようにこの紙に対する信仰がそれを禁じている。

太った男は他の多くの参加者と同様に、一万円札を手にしたまま立ち尽くし、周りの様子を窺っていた。突然、千住が大声で叫んだ。

「破け！　破けよこのクソ貧民野郎！　今すぐ破くんだーーー！！！」

獣のように歯をむき出しにし、唾を飛ばしながら叫ぶ。豹変ぶりに、太った男は怯え一万円札を手から落とす。千住はそれを乱暴に拾い上げ、男の顔に押し付けながら叫び続ける。

「破け！　すぐに破くんだよ！　このまま底辺をはいつくばってくつもりか！！！」

男は一万円札の上辺に指をかける。力を入れることができず、紙幣が小刻みに震えていた。目は潤み、恐怖と混乱で立っているのもやっとのように見える。

「いけ！　いけ！　いけ！　いけ！」

流れている聖歌のボリュームがどんどん上がっていく。千住は壇上で声を張り上げる。

マイクを通し、歪んだ叫び声がスピーカーから大音量で響き渡る。男は目をつむり、唸り声を上げながら一万円札を半分に破った。

「うおおお！！！！　よくやった！！！！」

勝利したボクサーのように大仰なガッツポーズをしながら、千住は男を抱きしめた。太った男は流れる涙を止めることができず、半分に裂かれた一万円札の紙片をそれぞれの手に握りしめ床に膝をつく。千住は彼を抱き起こし、表情筋をすべて使ったような笑顔のまま滂沱（ぼうだ）の涙を流す。

「あなたはお金に勝ったんです。お金の奴隷ではなくなり、それを支配する側に来たんです。今日あなたは大きな一歩を踏み出した。ようこそ……ミリオネア・ニューワールドへ」

太った男は何度も涙を拭いながら「ありがとうございます」と頭を下げる。千住は男が握りしめている一万円札の半分をそっと引き抜き、それを参加者の方へと掲げる。手にした紙片には福沢諭吉が描かれており、まるで肖像画のように見える。

「これは私がお預かりします。もう半分はあなたが持っていてください。あなたと私の絆の証しです。この紙は、それぞれでは何の価値もありません。私たちが一緒に居て初めて、お金になる。これから私たちはともにミリオネア・ニューワールドの冒険を始めるのです」

太った男はまだ涙を流していた。その足は震えていたが、晴れやかに笑っていた。席に戻る彼に、会場から割れんばかりの拍手が送られた。千住はそれを笑顔で見届け、拍手の音が収まったところで続ける。

「あなたたちは……金持ちになるために生まれてきた」

わたくしと一緒に叫んでください、と千住が手を差し伸べる。

「金持ちになるために生まれてきた！」

参加者たちが反射するように叫ぶ。千住が拳を突き上げて繰り返す。

「金持ちになるために生まれてきた！」

参加者たちは数分間にわたって繰り返し叫んだ。興奮して顔が赤くなっている中年の男、幸せそうな笑顔で目をつむる老齢の夫婦、苦しいのか嬉しいのか分からなくなって涙を流している若い女性。誰もが天を仰ぎながら叫び、次々と一万円札を破り始めた。

大合唱がしばらく続き、ほとんどの参加者の一万円札が半分に裂かれたのを見計らって、千住が手をかざす。皆が口を閉ざし、彼を見つめる。千住は信者たちの顔をひとりひとりじっくりと見回したあと、静かに口を開く。

「ようこそ、ミリオネア・ニューワールドへ。あなたたちは幸せになるために、生まれてきた」

セッションは四時間にもわたった。千住が両手を高々と上げながら退場した直後、それまでステージの両サイドに石像のごとく立っていたふたりの男が、メデューサの呪いを解かれたかのように動き出した。千住と同じくブラックスーツに黄色のタートルネックを合わせた男たちは、ステージに上がり早口で話し出す。

本日のセッションを人生に生かすも殺すもあなたたち次第である。今後のセッションへの参加により億万長者への道がより現実的になる。ちなみに今夜、ミリオネア・メンター千住の個別セッションがある。そこでは、ひとりひとりのために彼が特別に時間を取ってくれる。より深い「お金と幸せの答え」を知り、人生を変えたいのならば迷わず参加せよ。費用はひとり四十万円。

ひとつのスタンドマイクに交互に顔を近づけ、真顔と笑顔を織り交ぜながら話す千住のコピーたち。漫才のようだったが、まったく笑えなかった。その喜怒哀楽すべてが、プログラムされたかのように記号的だった。あのモロッコで出会った少年を思い出した。あまりにも巧く作られた表情と、何度も繰り返すことにより形成された感情。

ブラックスーツの男たちに指定された場所を探し求めて、夜の街を歩いていた。四十万円を払い、千住に会うことにした。工場で丸めるパン四千個分。娘のバレエ代一年分。借金の利子三ヶ月分。冷たい風がビルの谷間を抜け、ダッフルコートの裾を揺らした。

「市場を支配しているのは数字ではなく人間の心理だ」

天才投資家のジョージ・ソロスが言うように、人間の〝欲望と恐怖〟が価値を決める。四十万円という値段が適正だとは思えなかったが、千住との数時間にその価値を見出す人が確かにそこに存在するのだろう。

老舗デパート、紳士服量販店、カラオケにファミリー・レストラン。風俗店、靴屋、居酒屋にコンビニエンス・ストア。人間の欲望がモザイクのように組み合わさって光り輝く猥雑(わいざつ)な街。その雑踏の中を、一男はひとりで歩く。欲望のモザイクが滲んで見える。借金の返済、妻との復縁、娘との共同生活。すべてが遠のいていくかのように。

三億円が消えてからも、ほとんど休まずに昼も夜も働いてきた。寝不足と疲れで、始終意識は判然とせず、ときたま凄まじい吐き気に襲われた。この国は少しでも外に出れば、あっという間にお金が消えていくようにできている。数週間で出費は五十万円を超えた。どんなに探しても九十九が持って消えた三億円は戻らないかもしれない。けれども一男にとって、他の選択肢はなかった。

大きなファッションビルとぎらつくネオンがひしめき合う街の隙間に、影のように隠れた路地。そこには、小さな演芸場があった。江戸時代の趣がある門構え。大学時代に、九十九と何度か訪れたことがあった。入口には「本日貸切」と書かれた札が立てかけてある。その横を通り抜け、一男は薄暗い演芸場に入っていく。

　赤いリノリウムが貼られたロビーを通り、扉を開く。客席の照明は消えていて、中は真っ暗だった。凍てつく寒さに身震いした。屋内にもかかわらず、外よりもはるかに空気が冷たい。目を凝らして見ると、舞台の上には高座があり、その左右に蠟燭が置かれていた。ふたつのゆらめく小さな炎だけが、場内を照らしている。怪談、という言葉が浮かんだ。一男がゆっくりと場内を見まわすと、無人だと思っていた客席に人影があった。前方中央の席。黒いスーツに、なでつけた黒い髪。一男は、その隣に座る。

「ようこそ……プライベートセッションへ」

　千住は一男を見ることなく、前を向いたまま呟く。目線は高座へと向けられており、ふたりきりでも独特の間はそのままだった。

「あの……僕は……」

「知っています。初めまして……一男さん」

「千住さん。今日僕は九十九について聞きにきました」

「……昔、よく九十九とここに来ました。彼は落語が好きでね。どんなに忙しくても、合間を見つけてはわたしを誘ってここに来ていた。落語なんて全く興味がなかったのですが、九十九に付き合っているうちにはまってしまってね。今や、かなりの愛好家です。九十九はよく言ってました。僕が落語に引っ張り込んだのはふたり目だって。その男も僕の親友だったと」

なぜ、千住がこの場所を指定したのか腑に落ちた。そして確信した。彼は九十九への手がかりを必ずや握っている。すぐにでも、彼の居場所を突き止めなければいけない。気が急いて、早口になる。

「九十九を捜しています。彼は、僕の三億円を持って消えたんです。僕には三千万円の借金があります。なんとしても彼を見つけてお金を取り戻したい。昔のことでもなんでもいいんです。九十九のことを教えてください。何か手がかりになるかもしれない」

「……そう焦らないで。あなたがなぜ高いお金を払ってここまでやってきたのか分かっているつもりです。九十九のことをお話ししようとも思っています。でもそのためには、まずわたしのことをお話ししなくてはならないかと思います」

「聞かせてください。あなたが九十九の親友だったわけを知りたい」

親友。言葉を反芻するように千住が口を動かし、ふっと笑う。

「……なかなか難しい言葉ですね。確かにそうだったかもしれませんし、そういう夢を見ていただけなのかもしれません。先ほどの姿を見て、あなたはきっとわたしのことを軽蔑しているでしょう。なぜ九十九の親友だったのかと甚だ疑問に思っている」

そのとおりだと答える代わりに、一男は黙って千住に目を向けた。あいかわらず彼は高座を見つめたまま、こちらを見る気配はない。冷たい床に足が冷やされ、指先の感覚がなくなってきていた。

「わたしが、どうしてこうやって生きているのか。ちょっとした物語があります。出来の悪い短編小説のような話ですが、そこには少なからず九十九という人物も登場します。今からその話をして差し上げたいと思いますが……いかがでしょうか」

ぜひお願いします、と一男は答えた。がらんどうの演芸場に、その声が響く。千住は頷き、蠟燭の炎を見つめながら始めた。


「十数年前のことです。わたしは親友を交通事故で唐突に喪いました。幼馴染みであり、それまでの人生で唯一の友でした。当時大学生だったわたしは、親友が喪われても何も変わらずに続いていく日常、そこに生きている自分がどうにも許せなくなっていきました。わたしは大学を退学して、旅を始めた。北米から南に向けて、ヒッチハイクとアルバイトを繰り返しながら旅を続けました。しかしながら、南米大陸南端の街・ウシュアイアにたどり着いたときに、お金が尽きてしまった。南極を目の前にして動けなくなったわたしは、そのとき気付いたのです」

「どんなことに？」

「わたしの旅に目的地は存在しなかった。ただ、親友を喪ったという現実から逃げたかったのだと。それからすぐに日本に帰ってきました。当然ながら働かなければ生きていけなかった。とはいえ普通の企業に自分が収まることができないのも分かっていました。働き口を求めていくつかのベンチャー企業のサイトを見て回り、そこで風変わりな求人広告を見つけました」

風変わり？　一男が首をかしげると、千住は何かを思い出すかのように微笑んだ。九十九と同じように、右の口角を少し上げながら。

「『信じることができる人を求む。僕が信じることのできる人。僕のことを信じてくれる人』。驚くほど下手で、でも見入ってしまう力強さで書かれた毛筆の文字。九十九が書いた募集要項でした」

「それは確かに変わっている」

一男は思わず笑ったが、千住はあっという間に真顔に戻っていた。

「募集要項のみならず、採用方針も風変わりでした。採られたのは三人でしたが、面接も審査もありませんでした。九十九は応募してきた順で採用したのです。最初がわたし、次が百瀬、最後がパーティで出会った十和子」

「早い者勝ちだったということでしょうか？」

「いいえ。決してそうではない、と九十九は言いました。『来た人を、はなから信じてみようと思った』。その言葉を聞いた時、神に赦(ゆる)されたような気持ちになりました。わたしは九十九に、自分と同様の哀しみを感じ取っていました。九十九とわたしは心の底から、自分が信じることのできる人、それ以上に自分のことを信じてくれる人を求めていたような気がします」

千住がため息をつくと、幽霊のような半透明の白さが生まれる。場内の温度はますます下がり、足の冷たさが膝まで這い上がってきた。スーツしか着ていないのにもかかわらず、千住はまるで寒さを感じていないように見えた。

「その後の会社の躍進については、お聞き及びかと想像します。仕事は何もかもが上手くいった。わたしたちは信用という絆で結ばれ、何も疑うことなく、ただ前を向いて進めば良かったのです。九十九が考えたアイディアを、百瀬が技術的に実現し、それを十和子が喧伝する。わたしは積極的に営業してビジネスをどんどん大きくしていきました。信用をベースとした完璧な連携がそこにありました。とりわけわたしと九十九は特別な絆で結ばれていたと思います。九十九にとって最初に信じることができ、信じてくれた相手がわたしだったのです。だからこそ、わたしたちはお互いのことを疑った瞬間に終わってしまった」

「……何があったのですか?」

「会社が倍々ゲームのように拡大し、四年が経ったある日のことでした。九十九が、十和子、百瀬、そしてわたしを呼び出しました。そこで彼は、大手の通信会社から数億円の買収話がきたことを告げました。即時断ったことも。わたしたちは誰も異議を唱えなかった。自分たちの夢を売るようなことはしたくなかったのです。けれども通信会社は諦めず分断工作に出たのです。それぞれ個別に接触し、買収の提案を続けました。提示される金額は数億円から数十億円になり、最後には百億円近い金額へと上がっていきました。百億という金額を提示されたときは、さすがに動揺したのを覚えています。『どんな人間でも金で買収されない者はいない。問題はその金額である』。ゴーリキーの言葉が証明するように、欲望が抗しがたくこみ上げてくるのを感じました。彼らは買収に応じたときに得られる、希望にあふれた未来図を提示しました。より大きなビジネス、南国での隠居生活、名士としての社会貢献。もちろんそれはすべてお金により得られる未来だったわけですが」

「結果、買収に応じたと聞いています」

「そうです、わたしたちは彼を裏切った」

綺麗に塗られた爪で、札束の壁紙を触っていた十和子。馬主席のバルコニーから、スタンドを見下ろす百瀬。九十九を裏切った億万長者たちの、寂しげな横顔。隣に座る千住は、何かに耐えるように目をつむっていた。

「そのとき、わたしはすでにお金で得られる快楽に浸っていた。高層マンションの最上階に住み、高級外車を乗り回し、美食の限りを尽くし、美貌の女性とのセックスに明け暮れていました。彼らはわたしの状況を知っていました。他の人間が先に裏切ることもある。その場合、あなたが得られる金額は十分の一以下になる。繰り返し脅し、次の役員会議が行われるまでの一ヶ月で決断するように迫りました。わたしは苦悩しました。信じることができる人を求む。九十九の言葉が、繰り返し呪文のように響いていました。九十九は分断工作に気付き心を痛め、ふさぎ込む日々が続きました。そしてある日、通信会社と話をしてくると言って突然姿を消したのです。役員会議まであと一週間となった日のことでした」

千住はふたたび深いため息をついた。それが届いたのか、蠟燭の炎が揺らぎ影を作る。その揺らめきは、彼の心の動きそのもののように見えた。

「電話をしても、メールを送っても、九十九からは返信がありませんでした。百瀬も十和子も混乱していた。初めて彼のことを疑いました。九十九に抜け駆けされるのではないかと心配になった。まるで雪崩（なだれ）のようでした。疑い始めると、それを止めることはできなかった。信用で始まったわたしたちの関係は、それを疑った瞬間に終わってしまいました。連絡が途絶えてから六日後、役員会議の前日、会社の買収を認める書類にサインをしました。わたしが抜けたことを知った百瀬は、その裏切りに怒り責め立てましたが、夜には諦めてサインをしました。十和子は議決権を放棄し、会社の売却が決まりました」

蠟燭が溶けていく匂いが鼻に届いた。どこからか風が入ってきているのか、蠟燭の炎が揺らぎ続けている。高座に人が現れる気配はない。双子のように揃って揺れるふたつの炎を見つめながら千住は続ける。

「わたしは怖かった。得るべき数十億円のお金を失うことが。それ以上に、先に九十九に裏切られることが怖かった。彼に裏切られてしまったら、わたしを世界と繋ぎ止めているものが足元から崩壊してしまうような気がしました。その恐怖が、わたしたちの信用を食い破ったのです」

「それはやむをえないのではないでしょうか。九十九は行方不明だったわけですし、裏切られたと思うのは自然なことに思えます」

「そうかもしれません。でも彼は試していたんです」

「試していた？」

「そうです。九十九は何も変わっていなかった」

黄金色のタワーを見つめていた九十九。遠くから眺めているほうが綺麗だよな、と呟いた。あの彼も、何も変わっていなかったのだろうか。

「彼はわたしたちを信じたかった。だから最後の賭けに出た。そして姿を消し……」

「戻ってきたと」

「そうです。九十九は戻ってきたんです。役員会議の日。サインをした次の日の朝に。そのときには、わたしたちは会社を売ることを決めていた。役員会議でそのことを知った九十九は涙を浮かべながら微笑んで、一枚の紙をデスクに置いて去っていきました。それはあの求人広告でした。『信じることができる人を求む。僕が信じることのできる人。僕のことを信じてくれる人』。百瀬は崩れ落ち、嗚咽しました。十和子は身じろぎもせず涙を流していました。でもわたしは悲しくありませんでした。涙の一粒も出なかった。ただ人を信じることの難しさに、神をも呪う気持ちでした。そのとき、わたしは罪を背負ったのだと知りました。あまりにも重い罪は、人間から涙すら奪うのです」

千住の〝物語〟が終わるのを見計らったかのように、そろりそろりと着物姿の男が舞台袖から現れて高座に上がる。間もなく死んでしまうのではないかと思うような老齢の落語家だった。体は針金のような細さで、頬はこけていた。物干竿にかけられているかのように、藤色の袖がゆらゆらとはためいている。蠟燭の炎に照らされたその顔をよく見ると、かつて伝説の名人とされた落語家だった。座布団に座った落語家は枕もなく、すぐに噺を始める。

「昔、貧乏で甲斐性なしの男がいました。ろくに働きもしないのに、金にだらしねえもんだから、女房にも家を出てけって言われる始末でして……」

死神。九十九が好んでよく演っていた演目だった。笑える噺じゃない。でも芝浜と対にしてやると面白い。あちらもこちらもお金の噺で、それは人間そのものなんだ。狭い部室でコーラを飲みながら、九十九は話してくれた。

　妻に見捨てられた貧乏な男が死のうとしていると、死神が現れる。「死ぬくらいなら金儲けの方法を教えてやる」と言われ、男は死神を見る能力を手に入れる。男は医者となり病人を診て回る。死神が枕元にいれば寿命だと告げ、足元にいれば呪文を唱えて追い払う。余命を当てれば驚かれ、病気を治せば拝まれる。男は瞬く間に金持ちになっていく。落語は朗々と続く。噺をＢＧＭにするかのように、千住は話す。

「なぜ、たかだか百億円で夢を売ってしまったのか。今でも後悔するときがあります。あの頃わたしの周りには、株式を上場したり大企業に買収してもらい、大金を手に入れることが目的になってしまった人間がたくさんいました。彼らも始めは美しい思想や壮大な目的があって会社を作ったのに、いつしかその夢を高く売ることだけが目的になっていった。九十九はその無意味さを知っていた。夢、そして信用は一度売ったら買い戻せないと。わたしも充分に分かっていたはずなのに、最後はお金と引き換えてしまった。魂を売りとばし、大きな罪を背負った。あの頃に戻ってやり直せたらと思うときがあります。でもそれは、もちろん無理なことです。信用と同様に、時間も二度と戻ってこない。お金ならばいくらでも取り戻すことができたのに」

　一男は、あの映画のラストシーンを思い出した。モロッコの老人の言葉。人間は満月をあとせいぜい二十回程度しか眺めることができないという事実に気付かないで生きている。

「千住さん、そんなあなたがなぜ宗教まがいのことをやっているんですか。苦境にある人たちのお金を搾り取っているだけじゃないですか」思わず責めるような口調になる。

「そのとおりです。矛盾していると思われるかもしれませんが、今わたしがやっていることは九十九に対する贖罪なんです。銀貨三十枚でキリストを裏切ったユダのように、死ぬことができたら楽だったのかもしれません。でもそんな勇気はなかった。だから、九十九を裏切って手に入れたお金を守り続けることを決めたのです。わたしはまず税金を払わないことにした。いくつものトンネル会社を立ち上げ、税金天国と呼ばれる中米の諸島にも会社を作りました。法律とは絶えずいたちごっこでした。そしてわたしは宗教法人にたどり着いた。それがミリオネア・ニューワールドです」

　高座の左右で揺れる蠟燭が作った影を背負いながら、落語家は話し続ける。死神に見初められた男の物語を。

　金持ちになった男は、妻も子どもも追い出し、自由気儘な生活を送っている。けれども、あっという間にお金を使い果たしてしまう。そんなときに、大金持ちから診療依頼が来る。行くと枕元に死神がいた。男は寿命だと告げるが「そこをなんとか」と大金を積まれる。金に目がくらんだ男は、布団をぐるりとまわして無理矢理死神を追い払う。病人はたちどころに回復し、男は大金をせしめる。久しぶりに一杯引っかけて、上機嫌で歩いていると、初めに出会った死神に「おいおい」と声を掛けられる。

「金と神は似ている」蛇口から水がぽつりと落ちるように、千住は呟いた。「どちらも実体がない。人間の信用や信仰によって成立している。だから金だろうと神だろうと、わたしにとってはどちらでもいいのです。お金は人間の欲望を偶像にしたものですから」

蛍光灯が光る会場の壁にかかった肖像画。ベンジャミン・フランクリンと福沢諭吉。ほぼ同じ価値の紙幣が、半分に引き裂かれて並べられていた。

「税金から逃れるために立ち上げた宗教まがいの団体。そこで教祖のふりをしているうちに、いつしか信者が増えていきました。わたしの罪が彼らを引き寄せていたようにも思います。脱税目的で始めた宗教の面白さにわたしは取り憑かれていきました。信者の前で話しているとき、わたしは自分が生きていると感じるのです」

彼らを引き寄せていたのは千住の罪でもあり、お金でもあるのだろう。お金はときに、人間に才能さえ与えてしまう。


落語はクライマックスを迎えている。大金を持った男を、死神が洞窟に連れて行く。そこには無数の蠟燭があり、長いもの短いもの、それぞれの炎が揺らめいていた。「これは人間の命だ」と死神は言う。長さが半分ほどのものは妻の蠟燭で、充分に長いものは息子のものだと。その並びに短い蠟燭があった。風に吹かれ、まもなく消えようとしていた。「これはお前の寿命だ」と死神が言う。お金に目がくらんで、死にかけの患者と寿命を交換してしまったのだと。

男は焦り、「お金ならいくらでも払うから何とかしてくれ」と命乞いをする。「一度交換したものはできない。お前はもうすぐ死ぬ」死神はつれない態度だ。「でも、ここに燃えさしがあるから、繋いでみて上手くいけば命が延びるかもしれない」と助言する。男は、燃えさしの短い蠟燭を繋いで、なんとか生き延びようとする。震えが止まらない。「何でそんなに震えているんだ？　震えると消えるよ。消えると死ぬよ」死神が笑っている。男は蠟燭を片手に右へ左へふらふらと歩く。炎が弱々しく揺らめく。

「あれはわたしです」千住は落語家をじっと見つめて言う。「ああやって、わたしの小さな宗教の信者たちの蠟燭を繋いで生きている。わたしが信じているのは神ではなく死神なのかもしれません。わたしはあのときお金に魂を売り、呪われてしまった。あれからほとんどお金を使わなくなりました。家も車もすべて売り払い、質素な賃貸住宅にひとりで暮らしています。お金は貯まる一方で、九十九と別れてから資産はすでに十倍以上に膨らんでいます。わたしは、お金をどうやって使ったらいいか分からなくなってしまった。でもお金から逃れることができない。それこそが、わたしが背負っていくべき罪なのかもしれません。わたしが『お金と幸せの答え』を見出すことはきっとないでしょう。一生その答えを探し続けるのです。だからこの小さな宗教を続けるつもりです。人々の燃えさしの蠟燭を繫いで生きていきます」

「……千住さん。あなたは知っているのではないですか？　九十九の居場所を。彼がなぜいなくなったのかを。それを最後に教えてください」

話が終幕に向かうのを感じ、一男は焦る。ブラックスーツの袖を引きながら食い下がった。千住がやっと一男を見る。その瞳は空洞のように黒く、彼が何を考えているのか読み解くことができなかった。

「九十九は、きっとあなたの知るそれと何も変わらないはずです。彼は逃げていない。あなたの傍にずっといる」

「はぐらかさないでください！　九十九はどこにいるんですか？　知っているんですよね？」

「信じるのです。あなたは〝答え〟に近づいている！」

千住の声が次第に力強くなっていく。あの壇上のように雄々しく、自信に満ちた笑顔が戻ってきた。席から立ち上がり、両手を広げ宣託を始める。

「近づいているのです！　九十九の居場所、三億円の在処、その先にあるはずのお金と幸せの答えに！　間もなくあなたはその答えにたどり着く。ただそのために……あなたは九十九を信じ続けなければいけない」

千住の〝プライベートセッション〟が終わったのを見計らったかのように、噺にオチがつく。

「ほらほら、ちゃんと継ぎ足さないと消えるよ。消えると死ぬよ。あ……消えた」

そして老いた落語家は、高座の上でつんのめるように突っ伏して動かなくなった。

万佐子の欲

毎週水曜日の夕方、彼女は本を借りにやってきた。

一階から二階の書棚をいつも同じ順序で回り、必ず一冊だけ本を選ぶ。サーカスの写真集、太極拳の教則本、バイオリン職人の伝記、ブルガリア語の辞書、不動産経営の指南書、クリムトの画集。そのとりとめのなさに一男は惹かれた。何を基準として彼女が本を借りているのか、法則性を見つけようとカウンターの中で何度か思考を巡らせた。けれども答えは見つかりそうにもなかった。

万佐子は必ず一冊だけ、本を借りた。それ以上にもそれ以下にもなることはなかった。一週間すると返却し、また新しい本を借りていく。

彼女は素材が良く、シルエットが美しいワンピースを身につけていた。色は黒かグレーか白。いつもモノトーンのグラデーションの中にいた。一男の肩ほどの高さに位置するその顔は、小さく美しい卵形をしていた。短く切り揃えられた髪の下には、透明感のある大理石のような白い首が見えた。黄金色の夕日を浴びながら、子猫のように柔らかなリズムで書棚の間を歩く彼女の姿を、一男はカウンターから見つめていた。

　気ままに選ばれたかのように見える本の貸し出しが十回を超えた頃、万佐子が大きく分厚い本を持ってきた。焦げ茶色の表紙の、タジン鍋のレシピ本。あっ、と反射的に声が出た。

「どうしたんですか？」

　万佐子は訊ねた。「はい」と「いいえ」以外の言葉で、初めてちゃんと聞いた彼女の声は、その歩き方同様に柔らかく、一男の心を動かした。

「すみません。僕、この本持ってるんです」

　一男は慌てて本を受け取ると、バーコードを読み取らせた。ピッという機械音が、夕方の図書館に響いた。

「え？　タジン鍋で料理をするんですか？」

「あ、いや。ずいぶん前に、モロッコ旅行に行ったんです」

「それで好きになったとか？」

「えっと、そういうわけではなく。行く前に、モロッコ料理ってどんなのだろうと思って……何となく買ってしまったというか」

「モロッコにタジン鍋を買いにいったわけじゃないんですよね？」

　万佐子の少しだけいじわるな質問に、もちろんそうですすと苦笑いをしながら本を渡す。

「砂漠の国に行くなんて初めてのことだったから、緊張していたんだと思います。なんだか不安で、モロッコに関する本を見つけたらとりあえず全部買っていて」

「その中のひとつが、この本だったと」

「そうです。バカみたいな話なんですけど」

「ううん。素敵な話」

万佐子は受け取った本を胸の前に抱えて微笑んだ。彼女の小さな体には、その焦げ茶色の本は大きすぎるように見えた。

「あの……ひとつ質問をしてもいいですか？」

万佐子の顔をじっと見つめながら訊ねた。平日のひとけのない図書館は、ふたりに話すことを許していた。

「ええ、どうぞ」

「いつも変わった本を借りていますよね。ずっと不思議だったんです。だってあまりにもバラバラで。どういう基準で本を選んでいるのか、聞きたいと思っていました」

万佐子は少し驚いたように口を開けたが、やがて小さなため息をついて一男を見た。かくれんぼで見つかった子どもが、観念して出てきたときのような表情だった。残念だけれども、ちょっと嬉しい。

「あなたはもう正解を言ったわ」

「どういうことですか？」

「だからでたらめに選んでいるということ」

万佐子が言っていることの意味をすぐに理解できなかった。でたらめに本を借りる人に出会ったのは、後にも先にもこのときだけだった。

「読んでみたいと思う本がないの」万佐子は秘密を打ち明けるように小さな声で話す。

「私には、どうしても好きなものとか、心から欲しいものがない」

「そういう人は、少なくないと思います」

そうかもしれない、万佐子はひとりごとのように呟くと、薄茶色の瞳で一男を見た。

「私は百貨店で働いているの。まる一日悩んでようやくひとつのものを選ぶ人もいれば、来て五分で棚の端から端まですべて買っていく人もいる。ただどちらも同じところがある。何だと思います？」

「なんでしょう」

「どちらもお金を払って、紙袋を手渡された瞬間にとても幸せそうな顔をする。多かれ少なかれ彼らには好きなものや、欲しいものがある。それを素敵なことだと私は思う。そういうものを見つけたいと願っているんです」

二階の窓から濃いオレンジ色の夕日が差し込んでくる。紙の放つ匂いが、ふたりを包んでいた。夕日に照らされた塵（ちり）が金粉のようにきらきらと舞う。万佐子はそのスパークルを見つめながら静かに続ける。

「だから図書館に来ると、端から端までゆっくり時間をかけて見てまわる。その日一番心地よく感じた書棚の前に戻り、目をつむって本を選ぶ。それを一週間かけて読む」

「ここで何か好きなものや、欲しいものは見つかりましたか？」

一男が訊ねると、万佐子は小さく首を横に振った。

「今のところは見つかっていません。もう一度借りたいと思う本も、手に入れたいと思う本も」

自動ドアが開き、高校生の男女が肩を寄せ合いながら入ってきた。恋人どうしなのだろう。書棚の陰に入ると、そっと手を繋いだ。その姿を目で追っていた万佐子は、見た？　といわんばかりの悪戯な目を向ける。ええ、と一男は笑みを返す。

「僕に探させてください。あなたの好きなものや、欲しいものを」帰り際の万佐子を呼び止め、一男は言った。「毎週水曜日、一冊本を選んでお待ちしています」

それから毎日、仕事終わりに書棚を巡った。フロイトの夢診断、キイチゴの育て方、インドの建築、水平線の写真集、サンタクロースの試験、異星人の図鑑、消えた市町村名の辞典。水曜日までに一冊選んで、万佐子に貸し出した。彼女が何かを好きになり、それを求めるようになることを願い、本を選んだ。

ふたりのあいだを様々な本が行き来した。半年が過ぎた頃、「もうあなたに本を選んでもらわなくても大丈夫」と万佐子は言った。夕立ちのように突然に。その言葉は少なからず一男を傷つけた。いつしか彼女のことを愛おしいと思うようになっていた。

「もう本を選べないと思うと寂しいです」一男はうつむきながら告白した。これで終わりだと思うと胸が苦しくなった。「どんな本を薦めようかと考えている時間が、一番幸せだったから」

「……ありがとう」

「だから、この本のやりとりがなくなってしまうと思うと、とても寂しいんです」

「私も」

「でもあなたは……」

「誤解しないで。私も、あなたがどんな本を選んでくれるのかを想像するだけで毎日が幸せだった」万佐子は一男の目をしっかりと見つめ言った。「でももう大丈夫なの。ようやく今、自分が心から欲しいものが見つかったから」


それからちょうど一年後に、一男と万佐子は結婚した。古いながらもよく手入れが行き届いたマンションを借りて暮らし始めた。一緒のベッドで起き、小さなテーブルに並んで朝食をとり、最寄り駅まで歩きながら週末の予定を立て、帰ってきてその日の仕事について報告し合った。もう本を借りたり、貸したりすることはなくなった。けれども、お互いのことを心の底から欲して過ごす日々だった。

　季節が二度巡り、万佐子は命を宿した。「女の子です」と医者は告げた。エコー写真に写る胎児は、大事なものを抱え込むように丸まっていた。その円形の胎児に、一男と万佐子は「まどか」と名付けた。

　まどかが生まれ、あっという間に立ち、歩くようになった。多くの幼児がそうであるように、彼女は目に見えるものすべてを欲しがるようになった。親の食事、店先のおもちゃ、走り回る子犬、友達の洋服。そのたびに万佐子は「本当に欲しいの？」と訊ね、まどかはしばらく考えたのちに「だいじょうぶ」と答えた。

　まどかが三歳のときだった。周りの子たちがヒップホップダンスや水泳などを選ぶ中、レッスンを見学に行ったまどかは、バレエに魅了された。それ以来、彼女は暇さえあれば家の中をつま先立ちで歩いたり、くるくる回ったりして過ごした。

　一男はその習い事に反対した。月に三万円のレッスン代。加えて発表会のたびに五万円がかかる。自分たちには不相応だと思った。万佐子もそれに同意し、バレエの話題が出ることはなくなった。だから万佐子が「まどかにバレエを習わせたい」と言いだしたときは驚いた。彼女が一度決めたことを覆すのは珍しかった。強い意志を感じるその口調に気圧されながら、一男は理由を訊ねた。

「あれから毎日聞いたの。本当にバレエを習いたいのか。バレエでなくては駄目なのか」

「まどかは何て？」

「彼女は毎日、バレエをやりたいと言い続けた。あの子はちゃんと考える子だから、納得したら諦めるでしょ？」

「どうしてもやりたいのかな」

「そうだと思う。バレエはまどかが生まれて初めて心の底から欲したものだから、それには応えてあげたいと思う」

万佐子はまどかをバレエ教室に通わせるために、ふたたび百貨店の仕事を見つけ働き始めた。朝は一男がまどかを幼稚園に送り、夕方は万佐子が迎えに行った。料理と洗濯は万佐子が担当し、掃除と皿洗いとゴミ出しは一男が受け持った。

まどかは毎週土曜日にバレエ教室のレッスンを受け、年に一度の発表会で踊りを披露した。一男と万佐子は客席で並び、互いの手を握りながら、踊るまどかを見た。まどかはお世辞にも優れたバレリーナだとは言えなかった。それでも毎年、少しずつ成長していく娘を見ながら、家族として共に育っていることを感じた。

弟の借金が判明したのは、まどかが小学校に入ったばかりの頃だった。

一男は少しでも早く借金を返済して、普通の生活に戻りたかった。家賃の安いアパートに引っ越し、食費や光熱費を抑え、夜のパン工場での仕事も始めた。バレエのために毎月数万円の出費をすることは、もう限界だった。

悩んだ末に一男は「バレエを辞めさせよう」と告げた。けれども万佐子は首を振った。

「バレエは辞めさせない。私の仕事を増やしてもいい。それにあなたは分かっているはずよ。彼女が生きていくために、バレエは必要なの」そう言って、頑なに拒否した。

万佐子の言っていることの意味が分からなかった。今、食べていくことすらギリギリの状況で、バレエが生きていくために必要なことだとは思えなかった。

なんで私の親の援助を受け入れてくれなかったの？　弟の借金を肩代わりするのは兄として当然のことだ。ひとりで背負うことなかったのに。これは僕の家族の問題だ。見栄を張らないで頼ればいいじゃない。それはできない。根詰めて働いてもよくないでしょ。今は少しでも多く働いて借金を返さないと。まどかはパパに会いたいんだよ。僕はただ早く元の家族に戻りたいだけだ。

借金生活が始まってからの半年のあいだ、お互い言葉にしてこなかったお金の問題。慎重に蓋をされ、避けられてきたそれらが、まどかのバレエをめぐって一気に噴出した。一男と万佐子は毎晩のように話し合ったが、お金については、分かり合えることよりもそうではないことの方が多いのに気づくだけだった。

万佐子は隣の駅の傍に小さなアパートを借り、まどかを連れて家を出て行った。一男も、ひとりにはいくぶん広すぎる家を引き払い、パン工場の寮に入ることを決めた。

七歳の小さなまどかは、万佐子に手を引かれて駅までの道を歩きながら、何度も振返って一男を見た。泣いたらすべてが壊れてしまうと思っているのか、必死に涙を堪えているように見えた。一男は、みずからを奮い立たせるように叫んだ。元気で！　必ずいつか迎えに行く！　その瞬間、まどかの目の端から涙が溢れた。その小さな顔を濡らしながら、腕がちぎれんばかりに大きく手を振った。あの日以来、まどかが泣いている姿を一男は見たことがない。

$

赤いリュックを背負ったまどかが階段を駆け下りてくる。約束の時間から五分遅れていた。急いでいるのだろう。薄いピンク色のワンピースの裾がひらひらと揺れる。駅の改札に向かって階段を駆け下りるまどかの足元は、まだどこか子どものそれで、遅刻など気にしないでゆっくりと下りてくればいいんだ、と声をかけたくなる。

まどかと会うのは、ひと月半ぶりだった。運命的な福引きから四十五日が経っていた。三億円を目の前にし、酒に酔った勢いで九十九の部屋から万佐子に電話をした後、昨日まで連絡はなかった。きっとあの会話は、酔った上での妄言ということになっているのだろう。

九十九が三億円とともに姿を消し、彼の行方を探し求めてきた三十日間。十和子、百瀬、千住の言葉は一男をより混乱させていた。九十九とともに大金持ちになった彼らは、それぞれの「お金と幸せの答え」を見つけようとしていたが、どれも正解だとは思えなかった。九十九の行方を知る者は誰もおらず、ついに道が途絶えてしまった。

「九十九はあなたの傍にずっといる」

千住の言葉を反芻しても、何も手がかりがなかった。一男は途方に暮れ、マーク・ザッカーバーグを抱きながら布団の中で過ごした。絶望した時に人間ができることは、猫を抱いて眠ることくらいしかないということを、そのとき一男は知った。

布団の中での生活が二日目に入った朝、万佐子から電話がかかってきた。

「まどかに会ってあげて。あなたに会いたがっているから」

まどかとの面会日は定められておらず、彼女が望んだ日に設定される。娘が父に「会いたくなる」のはいつも突然だったが、その唐突さが一男にとって救いになっていた。けれども、まどかに会うと嬉しそうなそぶりはまったく見せない。もしかすると「会いたがっている」という言葉は万佐子なりの配慮なのかもしれない。

二時間ドリンク飲み放題で、五百円。まどかは小学生料金で、半額の二百五十円。ふたり合わせて七百五十円を支払い、狭いエレベーターに乗り込む。有名なチェーン店ではなく個人経営のカラオケ屋は、昼間なのにもかかわらず満室だった。恋人たちがマイクを持って寄り添い、白髪の団体が手拍子をとりながら歌い、女子高生たちがソファで跳ねていた。狭い廊下を歩きながら、小さな窓から見えるカラオケ客を見ていると、動物園に遊びに来たような気分になった。前を歩くまどかは、足取り軽くどんどん廊下を奥へと進む。背負われた赤いリュックが楽しげに揺れている。

待ち合わせをした駅で「どこに行きたい？」と一男が訊ねると、まどかは迷いなく「カラオケ」と答えた。「今度友達と行くの。だから秘密の特訓」そう言って、マイクを持つ仕草をした。

一緒に暮らしていた頃、家族でよくカラオケに行った。決まって言い出すのはまどかで、万佐子がそれに賛同した。歌があまり得意ではない一男は、しぶしぶ付いて行くことになる。いつもは口数が少ないまどかも、マイクを持つとおしゃべりになった。

最後にカラオケに行ったのは、三年前のクリスマスだった。カジュアルなイタリアンで食事をした後、珍しく万佐子がカラオケに行きたいと言い出した。ワインを飲んだ万佐子は、少し酔っていたのか上機嫌だった。夫と娘の腕をとりながらカラオケ屋に勢い良く入り、次々と曲を入れひとりで歌い続けた。一男とまどかはその姿に圧倒されながらも、手を叩き、ときにはマイクを片手に参加した。ただ歌っているだけなのに、皆がずっと笑っていた。狭いソファで三人、肩を寄せ合いながら歌い続けた。いま思えば、あのときは確かに幸せだった。悲しいことに、ほとんどの幸せは、失った後に気付くものだ。

「あ、もしもし。カルピスひとつください」部屋に入って早々に、まどかは受話器を取って注文を入れる。「あと……お父さんどうする？　飲み物！」

「えっと……ウーロン茶」

「それとウーロン茶ひとつお願いします」

受話器を置くと、まどかは電子目次を片手にタッチペンで次々と曲を入れていく。コツコツとプラスチックのペンが画面を叩く音が聞こえる。

「ずいぶん慣れてるな」

「うん。お母さんには内緒だけど、たまに友達とそのお母さんたちと来てるんだ」

マイク越しに、まどかが答える。声が反響し、三倍ほどの大きさになって返ってくる。エコーのせいか、その声はいつもより明るく聞こえた。

スピーカーからデジタル音のオーケストラが流れてくる。長く大仰な前奏。ラジオなどで最近よく聴くバラードだった。恋しくて胸が痛む。あなたに会いたい。ラブソングの選択に虚を突かれ、一男は訊ねる。

「まどか、こんなの歌うのか？」

「なんで？」

「だってこれ、失恋の歌だよ」

「何言ってんのお父さん。私にだって好きな男の子くらいいるんだから」

「どんな奴だよ？」

「サッカーやってて足が速くてかっこいいんだ」

「そんなの本当にいい奴かどうかなんて分かんないぞ」盛り上がるオーケストラの前奏にかき消されそうになって、一男は声を張る。「男は優しくないと駄目だ！」

「優しくたって足が速くないとだめだよ。お父さんは運動駄目じゃん。本ばっか読んでて。男の子はいくら優しくても、頭が良くてもダメなんだから。足が速くなくちゃね」

　ふふっと笑う声が、狭い個室に反響する。モニターには海辺を歩くモデルの姿が映し出される。白いワンピースに麦わら帽子。ランダムに選ばれた映像なのか、季節感がまるでない。

「お父さんだって、昔は足が速かったんだぞ。リレーの選手だったんだ」

「また、そんな見栄張って。いいからそういうの」

一分半にわたる前奏が終わり、まどかが歌い出す。柔らかい声は、万佐子によく似ている。三年前は音程すらろくに取れなかったはずなのに、今ではラブソングを歌いこなしている。一男は驚き、歌詞を目で追いかけるまどかの横顔を見る。

アイドルソング、K－POPにアニメソングと、とりとめなく歌うまどか。しっとりと歌い上げたかと思えば、ソファの上に立ち踊り始める。「ちょっと曲終わっちゃう！お父さんも入れてよ！」と急かされて、一男も合間で大学時代に聴いていたバラードや、ミリオンセラーとなったロックバンドの曲を入れて歌う。一男が歌い始めると、まどかは電子目次とにらめっこを始める。気付けば二時間が経ち、室内の電話が鳴った。

もしもし。あと十分で終了です。そうですか。延長されますか？　まどか延長する？しなーい！　あ、しません。短いやりとりの後に、「最後に一曲、一緒に歌おう」と一男は提案した。五分ほどかけて、まどかと電子目次で検索していたら、自然と歌う曲が決まった。軽快なイントロが流れ、曲が始まる。

Raindrops on roses and whiskers on kittens
薔薇に落ちた雨の滴に　子猫のひげ
Bright copper kettles and warm woolen mittens
銅色に光るケトル　暖かいウールのミトン

Brown paper packages tied up with strings
紐で結ばれた　茶色の紙包み
These are a few of my favorite things
それがささやかな　私のお気に入り

一男とまどかは肩を並べて声を張る。『My Favorite Things』。私のお気に入り。万佐子が、一番好きだった歌だ。

映画『サウンド・オブ・ミュージック』の中で、家庭教師をしている修道女・マリアのところに、子どもたちが雷を怖がって集まってくる。するとマリアが歌い出す。私が好きな些細なものたち。それを思い出すだけで、悲しいことも、辛いこともなくなると。

まどかが歌っている姿が、あのときの万佐子に重なって見える。三年前のクリスマスの夜。万佐子は立ち上がって、この歌を歌った。とても楽しそうに、幸せそうな笑顔で。図書館で本を探す万佐子の姿を思い出す。あの頃〝私のお気に入り〟を探して書棚を見て回った。

白いドレスに　青い飾り帯の女の子
私の鼻とまつげに　つもる雪のかけら

春に溶け込んでいく　白銀の冬
それが私の　お気に入り
犬に嚙まれたり　蜂に刺されたり
悲しい気持ちになるときは
私はただ　お気に入りを思い出す
そうすれば　辛い気分じゃなくなるの

今、僕にお気に入りのものはあるのだろうか。万佐子のお気に入りは何なのだろうか。

カラオケボックスを出ると、街が橙色になっていた。一男はまどかを駅まで送る。真っ黒な影が長く伸びて、ふたりの先を行く。

「お父さん、なんか疲れてるね」

「そうか？　まあ、あんまり寝てないからなあ」

「なんかあったの？」

まどかの目を見ることができなかった。あのお金があれば、また一緒に暮らすことができたはずなのに。悔しさを嚙み締めながら、一男は言った。

「お父さんの友達がさ……親友にお金を盗られちゃったみたいなんだ。結構な大金。それで、探すのを手伝ってるんだ」

「そっか。大変だね」

「でも、そいつもいけないと思うんだよ。親友といっても十五年ぶりに会って、そんな奴に自分のお金を任せちゃったみたいなんだ」

「なんだか不思議。十五年会ってなくても、親友って言えるんだね」

「確かにそうだよな。もう親友じゃなかったのかもしれない。きっと騙されたんだよな。でも、そいつはまだ諦められないって言うんだ。わけ分かんないだろ」

一男は苦笑いをしながら、リュックを背負い直す。少し先を歩いていたまどかが立ち止まり、振り返って言う。

「わけ分かんなくないよ」薄茶色の瞳で一男を見ながら。「お父さんの友達も、逃げてしまった親友の人も、悪い人じゃない気がする」

「……どうして？」

「だって、その人今でも親友って言ってるんでしょ？　お金盗られた後も、信じているんでしょ？　だからどっちも悪い人じゃない気がする……なんとなくね」

駅に着く頃には、空はすっかり暗くなっていた。一男はまどかと電車を待つ。いつもの儀式、まどかを見送る時間。事故があったのか電車が遅れ、ホームは混み合っていた。日が落ちて急に気温が下がってきた。吐く息が白くなり、蛍光灯の光に吸い込まれていく。冬の駅はなぜこんなに寒く感じるのだろう。青白い光のせいなのか、灰色のコンクリートがそう感じさせるのか。それとも人が別れる場所だからなのか。

「まどか、ごめんな。今日は安上がりで」

「楽しかったよ、カラオケ。悪くないデートだった」

「……自転車、お母さんに買ってもらったか?」

「ううん。お父さんが買ってくれるって言ってたし」

「ごめんな、お父さんさ……」

今はいいよ。消え入りそうな声に被せるように、まどかが明るく言う。昔から彼女は、親の気持ちを慮(おもんぱか)りすぎるところがある。もっと素直に、思ったとおりに生きて欲しいといつも思う。

「お父さんが買えるときにね。それにお金があるとかないとかは、わたしにはあんまり関係ないから」

「……ごめんな」

惨めさに押しつぶされてしまいそうで、言葉が続かない。アナウンスが、前の駅を電車が五分遅れで出たことを告げた。

「でもさ……」まどかが一男から目をそらし、まっすぐ前を見ながら言う。「借金を返したら、お父さん帰ってくるんでしょ? それでお母さんとわたしと、また一緒に暮らせるんだよね？　そのためにお父さんは、頑張っているんでしょ？　だから自転車も、今はいらない」

　少しだけ高い声で一気に話したまどかは、うつむいて一男の手をそっと握る。すっかり冷たくなってしまった小さな手。一男は、その手を優しく握り返す。

「そうだな……また一緒に暮らそう。自転車も買おう。お父さん頑張るよ」

「あ、そうだ。忘れてた！」照れ隠しのように、まどかが突然大きな声を上げる。「お母さんから伝言。来週日曜、バレエの発表会に一緒に行かないかって」

「え、いいのか？」

「うん。いいみたい。久々だね、お父さん。発表会」

「うん」

「嬉しい？」

「ああ嬉しい」

　混み合った電車がホームに滑り込んできた。小さなまどかが、人と人の隙間を見つけて電車の中に潜り込む。ドアが閉まり、乗客を詰め込んだ電車が重たそうに動き出す。まどかが顔を窓に張り付けて、ちょこちょこと手を振りながら去っていく。一男は思わず笑顔になり、大きく腕を振った。

二年ぶりに訪れた発表会の会場は、以前より大きく感じた。会場に飲み込まれるように入って行く着飾った親子。晴れ舞台を前にした笑顔。ビバルディの「春」がロビーに流れ、テーブルには祝いの花束が並んでいる。

久しぶりに体験する厳粛な雰囲気に圧倒されながら、会場に入る。古いが温かみのあるホール。磨き上げられた木の舞台には、細かな刺繍が入った大きな緞帳が下りている。八百席ほどある座席は前から順に埋まっていて、出演者の両親を中心に、祖父母と思われる老夫婦も見受けられる。微かな話し声が、会場に柔らかく響き渡っていた。

一男は万佐子の姿を探し会場を見回す。「ステージ向かって左手の一番後ろ」というメールが来る。見上げると、最後列の隅に万佐子がいた。一男は足早に階段を上り、万佐子の隣に座る。

長くなった黒髪が綺麗にまとめあげられ、白い大理石のような首が見えている。派手ではないが、質の良いものに身を包んだ佇まい。黒い細身のスーツに、グレーの丸首ニット。小粒な真珠のネックレスと、それに合わせたピアス。出会ってから十年以上経つが、変わらずモノトーンのグラデーションの中に彼女はいた。

席の周りにはほとんど人がおらず、最後列ながらも気持ちよくステージ全体を見回すことができた。いつもながらに彼女らしい選択だと思う。皆が前に行くときは、一番後ろの席を選ぶ。皆が急いでいるときはゆっくりと、苛立っているときは冷静に。天邪鬼なわけではなく、ごく自然な選択としてそれが正解であると彼女は知っている。

「まどか緊張してた？」

　息を落ちつかせながら訊ねると、万佐子は静かに微笑む。

「うん、とっても。何年やっても変わらないね」

　娘の晴れ舞台を楽しみに来た、幸せな夫婦のようだった。朝ともに起きて、朝食をとり、一緒に電車に乗ってここまでやってきた父と母。まだ大丈夫だ。一男は自分にそう言い聞かせた。

「前に来たのは、一昨年かな」

「そうね」

「呼んでくれてありがとう。嬉しいよ」

「今日のまどかを、見て欲しかったの」

　会場の照明が落とされ、さざ波のような拍手が起こる。チャイコフスキーの『くるみ割り人形』が高らかに鳴り響き、ステージ袖から八人の少女たちが出てきて踊り出す。三歳か四歳か。くるみ割り人形というよりも、ねじまき人形のような少女たち。カタコトカタコト。回ることも跳ぶことも、ままならない。

「かわいいな。まどかも昔はあんなだったな」

「もう六年よ。バレエ始めて」

気付けた。


「そうか。そんなに経つか」

「ずいぶん続いているでしょ。あの子が初めてやりたいと言った習い事」

万佐子の口調は、出会った時と変わらないように思えた。その柔らかさが、一男を勇気付けた。

「確かに……そうだな」

「あなたは反対した」

「高かったし、何より続かないと思ったんだ」

「予想は外れたわね」

トランペットの演奏とともに、ステージ上で小さなバレリーナたちがくるくると回り始める。突然、最後列で踊っていた背の低い少女が転んだ。足をくじいたのか、動かない。ステージからおぶわれて退場していく姿に、まどかが重なる。

少女と同じくらいの年の頃、まどかもステージ上で転んだ。うずくまったままのまどかを放置するかのように音楽は続き、幕が下りた。一男と万佐子が急いで楽屋に行くと、まどかが泣いていた。ちゃんと踊れなかった。パパ、ママ、ごめんなさい。そう言って涙をこぼした。一男はまどかの頬を拭き、万佐子はその体を抱きしめた。

「なんか、懐かしいな……」一男が呟くと、「……そうだね」と万佐子が応えた。ふたりで、同じ情景を思い出しているのが分かった。

「この前はごめん」

「あの電話のこと？」

「酔っていたんだ」男は苦笑いをした。「でもあのときに言ったことは本当だ。もうすぐ大金が手に入る。借金も返せる。僕たちは元の家族に戻れるんだ」

「……そうかな」

「ああそうさ」自分に言い聞かせるように言った。「今まで僕はお金が怖かった。だからずっと逃げ回ってきた。でも今は違う。やっと分かったんだよ。そのお金を正しく使いさえすれば、問題はすべて解決する」

絶対に九十九を見つけて、三億円を取り戻す。そのときに「お金と幸せの答え」が見つかるはずだ。万佐子に宣言することによって、それを現実のものとしてたぐり寄せられるような気がしていた。

「……それで私たち、本当に幸せになれるのかな」

「きっとなれる。君はもしかしたら大金が入ることで人生が間違った方向に進んでいくことを心配しているのかもしれない。でも大丈夫。僕は間違えない。そのために、金持ちたちに話を聞いてきたんだ。借金を返して、家を買おう。今まで辛い思いをさせた分、欲しいものは何でも買うよ。車も手に入るし、どこにでも旅行にも行ける」

ステージ上では、残された七人の少女たちが踊っていた。フォーメーションを崩しながらも懸命にステップを踏んでいる。その様子を虚ろな目で見つめながら万佐子が呟く。

「やっぱり……あなたは変わってしまった。お金に大切なものを奪われてしまった」

「大切なものって？　僕は何も変わらない。家族で幸せに暮らしたいだけだ」

「あなたは本当に家や車が欲しいの？　今、心の底から欲しいものは何？」

大金を手に入れたとき、何を欲するのか。千住のセッションを思い出した。そこで書き出されていた無数のリスト。世界一周旅行。高層マンション。高級外車。避暑地の別荘。クルーザー。ファーストクラス。ブラックカード。シャトーでの夕食。バレない美容整形。美しいダイヤ。赤い靴底のハイヒール。頭の中を欲望が行列となって歩き回る。

「……僕が欲しいものはないんだ。ただ借金を返し、家族が戻ってきて、君たちが欲しいものが全部買えればそれでいい」

「あなたはもう正解を言ったわ」

「どういうことだ？」

「あなたがお金によって奪われた大切なもの。それは〝欲〟よ」

万佐子の声から、みるみる感情が失われていく。彼女が遠くにいってしまうような気がして、思わず早口になる。

「言っていることの意味が分からないよ。みんな欲があるからおかしくなるんだ。僕はそれをたくさん見てきた」

富を得た人間の多くが、それで幸せを失った。十和子も百瀬も千住も、九十九ですら例外ではなかった。

「……確かに欲は人間を狂わせる。でも同時に私たちを生かしている」万佐子は、謎を解くようにゆっくりと話す。「例えば、あなたが今日ここに大金を持ってきたとする。バレエが終わり、会場を出て、私たちは借金を返して、欲しいものを全部買って帰る。もう必要なものはないはずよね。でも、そういうことには決してならない」

一男は黙っていた。戦況が見えずに、ただ呆然と立ち尽くす兵士のように。万佐子は淡々と続ける。

「なぜなら人は、明日を生きるために何かを欲する生き物だから。おいしいものを食べたい、どこかに行きたい、何かが欲しい。そう願うことで、私たちは生きていける」

鉄琴の音が聞こえてきた。小さなバレリーナたちの「金平糖の精の踊り」が始まる。迷宮に入り込んでしまったような、幻想と不穏のメロディ。

「あなたには、それがない」薄茶色の瞳が、射抜くように一男を見つめていた。「もしあなたが本当に望んでいるなら、お金がなくても私たちはやり直せたはず。そうならなかったのは、根本的には私たちを失ってもいいと思っているからよ」

そんなはずはない。自分の声が震えていることに気づく。お金がなくても私たちはやり直せたはず。万佐子の言葉が、鋭い剣のように心を貫いた。

「じゃあ君は……何を望むんだ？」

「あの頃の私は、図書館であなたが選んでくれた本を一冊ずつ読むことで、明日へと送り出されていた。次にどんな本を読みたいかと想像することによって生かされていたの。あのときの私たちは、本を借りたり貸したりするだけで幸せを感じていた。私は、一冊ずつ本を借りて、心の中の本棚をひとつずつ埋めていった。それがいっぱいになったときに、本当に欲しいものを見つけることができた。それがあなただったのよ」

チャイコフスキーの曲が終わり、壇上の少女たちが深々とお辞儀をする。会場が拍手で包まれる。優しく降る雨のように、柔らかい音が響く。万佐子は大きく息を吸い込んだ。

「あなたと一緒に暮らすことはできない」そして吐き出すように言った。「今あなたにあるのは、ただ家族でいたいという曖昧なイメージだけなの。どんなに大金を手にしたとしても、失った欲が戻ることはないでしょう。私たちがもう、本を貸したり借りたりするだけで幸せだとは思えなくなってしまったのと同じように」

再び幕が上がり、ステージをピンスポットライトが照らし出す。薄い水色のレオタードに身を包んだまどかが、片手を高く掲げながら入ってくる。まどかに続いて、三人の少女たち。四人が中央に揃うと、スカートの裾を持ち深々と礼をする。会場に、ふたたび雨のような拍手の音が広がる。

「そのことは謝る。でも今の僕は違う。今なら……きっと君たちを幸せにできる」

震える体から声を絞り出す。万佐子が、悲しげな目を向ける。それは憐憫でも軽蔑でもなく、ひたすらにこれが現実なのだと突きつけてくる。

長い静寂ののち、オーボエが静かに鳴り始める。『亡き王女のためのパヴァーヌ』。ラヴェルが、スペインの宮廷で踊る小さな王女を想像して書いた曲。雨が降ると、万佐子はいつもこの曲をかけていた。「この曲を聴くと思うの。本当に幸せなことと、本当に悲しいことは似ているって」そう呟きながら。すっかり忘れていた記憶が、呼び覚まされる。

「まどかは……」急にステージが遠くに思えた。「それでいいのか？」

「……昨日、伝えたわ」万佐子は踊るまどかを見つめながら言う。「まどか、泣いていた。もう戻れないの？　と何度も聞かれた。でも最後には分かったって。私のことは気にしないでって言ったの。私がしていることは間違いなのかもしれない。まどかのために、あなたと一緒に居続けることもできるはず。でもそんな生活は絶望的だと思う。このままだと私たちは明日を生きる気力も失い、やがて愛情もなくなっていく。そんな私たちと一緒に、まどかはいるべきじゃない。失われていく場所にいて欲しくないの。だから、私は新しい本棚にまた本を入れていくことを決めた。まどかと一緒に生きていくために」

ヴァイオリン、ヴィオラ、チェロ。弦楽器が重なり合いながら鳴り響く。この世界すべてが悲しみと希望で祝福されているかのようなメロディ。まどかが、小枝のような四肢をめいっぱい広げて踊っている。

産声を上げるまどかを思い出す。よちよち歩いて、膝の上で眠り、花火を振り回す。赤いランドセルを背負い校門に入っていった。運動会の徒競走で必死に走った。母と肩を並べてカラオケで歌っていた。

別れの日、泣きながら手を振っていたまどか。「また一緒に暮らせるんだよね?」と駅のホームで少しだけ高い声で話した。彼女は僕たちが家族であることを、心の底から欲していた。それが彼女のお気に入りだった。けれども今、まどかは一男と万佐子が別れることを知っている。すべてを分かって、ひとりぼっちで踊っている。

滲んだ景色の先に、かつての万佐子が現れた。柔らかく美しい笑顔。大きくなったおなかを触りながら。あれはそうだ、まどかが生まれるひと月前だ。本を読んでいる一男。編み物をしながらそれを見ている万佐子。おなかの中にはまどか。家族の始まり。まどかが生まれる。万佐子は幸せそうに笑う。一男は嬉しくて泣く。ありがとう。生まれてきてくれてありがとう。

都心からは離れているけれど、緑がたくさんある賃貸住宅に引っ越した。遊具がある公園で遊び、河川敷を散歩した。本屋に行き、一男が文庫本を買い、万佐子が雑誌、まどかは絵本を買った。一冊ずつだ。帰り道に定食屋に寄り、次の休みに遊びに行く場所を家族会議で決めた。デザートにシュークリームを買って帰る。明日の朝食べるパンも。レンタルビデオショップで旧作の映画を借りて帰った。風呂に入り、映画を観て、川の字になって眠った。

そこにあった幸せ。生を繋ぎ止め、明日へと生かすものたち。柔らかいバスタオル、風に揺れるカーテン、ベランダではためく洗濯物、並んだ歯ブラシ。焼きたてのパン、甘いリンゴ、淹れたての珈琲、一輪のチューリップ。

もうあの日々は戻ってこない。どんな大金でも買い戻すことはできない。

ステージの上で、まどかは踊る。踊り続ける。

家族にとって最後の発表会。そのことを彼女は分かって、力の限り踊っている。まどかの足が震え、息が切れてくるのが遠くから見ていても分かる。一男は両手を握りしめ、小さな娘の勇姿を見つめる。

スピンの途中で、まどかの足がもつれて転んだ。会場から短い悲鳴が上がる。まどかは動けない。うずくまったままだ。音楽は残酷に流れ続け、会場がざわめく。まるであの日のようだった。頑張れ！　まどか！　頑張れ！　叫びたかった。けれども声が出なかった。

「まどか！　踊って！」

突然、万佐子が叫んだ。会場中の観衆が振り返って彼女を見た。

「まどか！　頑張れ！」

それらが目に入らないかのように、万佐子は立ち上がり、叫んだ。その瞳には涙が浮かんでいた。

声が届いたのか、うずくまっていたまどかが立ち上がった。手も足も震えていたが、すっと前を見つめ胸を張り、両手を広げた。そして、踵を上げ踊り始めた。

胸が苦しくなった。頑張れ！　まどか！　頑張れ！　一男は心の中で繰り返し叫んだ。涙が溢れてきた。駄目だ。こんなんじゃ。早く言ってあげないと。頑張れ！　頑張れ！　それから、まどかのところに走って行って、抱きしめてあげなくちゃいけない。それなのに、どうしても声を出すことができなかった。動くことすらできなかった。

あの日のまどかの姿を思い出す。楽屋で泣いている小さな体。ごめん、パパ。ごめん、ママ。ごめんなさい。

あのとき、あの楽屋で。まどかを抱きしめながら、万佐子は泣いていた。まどかの涙を拭きながら、一男も泣いていた。あの日の僕たちは、確かに家族だった。

もうすぐ、僕たちは家族じゃなくなる。それなのに、あの日と同じように泣いていた。

億男の未来

「昔の魚屋てえのには、ずいぶんズボラな酒飲みってのがおりましてね。そうすると女房なんざに、もうアンタ、いい加減働いとくれなんてしつこく言われるわけです。商いに行かなきゃダメじゃない、もう貧乏はごめんだよ、早く魚河岸に行きなよ。やだよ。行きなよ。じゃ飲みたいだけ飲ませろ、飲ませたら行ってやらあ」

黒い布に身を包んだ九十九が始める。どこまでも広がる砂漠を見下ろす、山の頂上。高座は、砂丘の上だ。薄紫色の空の下、九十九はいつものように朗々と、歌うように演じる。早朝の砂漠には音が存在しない。まるでイヤホンで聞いているかのように、ただ九十九の声だけが一男の耳に入ってくる。

「アンタ朝だよ、起きて、魚河岸に行くって約束しただろ。なんだよ、めんどくせえ、すぐ行けったって……包丁は？　研いでますよ。わらじは？　出しときました。ったく畜生め、じゃあ行ってくらあ、うーさぶさぶ」

腕はいいが酒好きな魚屋は、飲んでばかりで仕事をしない。おかげでずっと貧乏暮らし。業を煮やした女房に早朝から叩き起こされ、渋々魚市場に仕入れに向かう。しかし時間が早過ぎたのか、市場はまだ開いていない。仕方なく浜辺で時間をつぶしていると、足元の海中に財布を見つける。拾ってみると、中には目を剝く大金。魚屋は、有頂天になって自宅に帰り、仲間を集めて飲めや歌えの大騒ぎ。挙げ句の果てに酔いつぶれて寝てしまう。

「アンタ、起きて。なんだよ。なんだよじゃないよ、いつまで寝てるんだよ、飲み食いの勘定はどうするのさ？　そんなもんあの拾った金で払えばいいだろ。拾った金？　何夢みたいなこと言ってるんだよ、アンタはずっと寝てたじゃないか。そんなことあるもんか俺は確かに……。はあ……そんな夢を見たもんだから、寝起きであんな大騒ぎをしたんだね。夢だって？　ああそうさ、ほんとアンタって人は情けない、いくら貧乏だからって金を拾う夢を見るなんて」

空は薄紫色から群青色へと、鮮やかなグラデーションを描きながら変わっていく。まるで南国の海のような鮮やかなブルーが広がる。

「金を拾った夢を見るなんて、我ながら情けない。ぜんぶ酒のせいだ。これからは酒をやめて、仕事に精を出そう」生き方を考え直した魚屋は断酒を決意する。「金なんて拾うもんじゃない。てめえで稼ぎ出すもんだ。俺はすっかり目が覚めたぜ」と死にもの狂いに働き始める。

砂で覆われた地平線のすぐ下に太陽を感じる。連なる砂丘が、ひとつまたひとつとその姿を現す。九十九は歌うように演じきり、オチとともに砂の高座に手をついてゆっくりと頭を下げる。一男は歓声を上げながら大きな拍手を贈った。

陶器屋の住む砂漠の豪邸に九十九が駆けつけてから、五時間あまりが経っていた。砂まみれだった九十九は、シャワーを浴びたのちに、陶器屋から黒い衣服とターバンを与えられた。部屋に新たにベッドが運び込まれ、ふたりで並んで寝ることになった。けれども眠気は訪れなかった。興奮していたからか、それとも窓から差し込む満月の光が明るすぎたからか。おそらくその両方だったのだろう。どちらも声を出すことなく、ただ黙ってモザイク柄の天井を見つめていた。

次第に窓の外に見える空が明るくなり始めた。九十九は何度も寝返りを繰り返したのちに突然飛び起き、サンダルを履いて部屋を出て行った。一男は急いでその後を追った。満月に照らされた砂丘が銀色に輝いていた。数百メートルはあろう急勾配の砂丘の斜面を、埋もれながら九十九が登っていた。その背中を追いかける。柔らかい砂が足首を捕らえる手のように絡まりつき、思うように前に進むことができない。長い夜は砂漠から熱を奪い、砂はすっかり冷たくなっていた。

無言で斜面を登り続けた。拍動は驚くほど速くなり、喉がカラカラになる。一色でまとめあげられた砂の世界は遠近感を奪い、登れど登れど頂上に辿り着かないような気がしてくる。十五分ほど足を動かし続け、肺が痛くなり始めた頃、頂上が目の前に見えた。一男と九十九は息を切らしながら、砂丘の頂に並んで座った。荒い息を整えるのに、さらにそこから数分を要した。そして呼吸が正常になった瞬間、九十九が口を開いた。

「やっぱり九十九の落語は最高だ」一男は九十九の肩を叩きながら言った。「教室で聞くのもいいけれど、砂漠で聞くとまた格別の良さがあるね」

「あ、ありがとう。ぼ、僕も演っていて気持ちがよかった」

九十九は真顔のまま、右の口角を少しだけ上げた。

「世界初の砂漠落語会だー！！！」

一男は砂丘の頂から叫び、大声で笑った。九十九もつられて声を出して笑う。ふたりの笑い声が地平線の先まで届くような気がした。

「君が来てくれたとき、本当に嬉しかった」

群青色の空を見ながら、一男が言う。九十九は猫背のままで、同じ空を見つめた。

「あ、あのとき、さんざん探したのに医者が見つからなくて、途方に暮れて陶器屋に戻ってきたんだ。そしたら君がいなかった。あ、焦ったよ。必死で探しまわったんだ。でも、一男くんを見つけることができてほ、本当によかった」

「それにしても、どうやってここまでたどり着いたんだ？　場所の手がかりは何もなかったように思うんだけど」

問いかけに答えず、九十九はしばらく黙っていた。砂漠は相変わらず完全な静寂に包まれ、お互いの声が発せられない限りそこには音がなかった。

「ひゃ、百万円くらい使ったんだ……」言いにくそうに九十九が口を開いた。「百ドル紙幣をひゃ、百枚。片っ端から配って歩いたんだ。そしたら、手がかりを知っている人に会わせてくれたり、陶器屋の家を教えてくれたりする人がいた。途中まで車で送ってくれる人もね」

「どうしてそんな大金を……」

「い、今僕には一億円の貯金があるんだ」

「一億円？　どういうことだ？」

九十九は生活費のほとんどをアルバイトで賄い、食事はいつもカップラーメンだった。落語以外に使うお金はなかったはずだ。

「か、株の取引さ。大学二年生からぼ、僕はトレードを始めていた。初めは研究していた確率論の検証のために、実験的にね。でも、僕にはその才能があったらしい。だ、大学二年生のときには一千万、三年生のときには五千万、そしてついに一億円を超えてしまった」

四六時中一緒にいたはずの九十九。その別の顔に、今までまったく気付くことがなかった。言葉を失った一男を置いてけぼりにするかのように、九十九の口調が滑らかになっていく。落語以外で、彼が淀みなく話す姿を見るのは初めてだった。

「だから一男くんと旅をしながら、道案内の少年にお金を払うとか払わないとか、食事が一ドルとか二ドルとか、タクシーの料金をどれだけ払うとか、そういうことがどうでもいいと思えて仕方なかったんだ」

「九十九……君は……」

「でも、旅というのは本来そういうことを楽しむためにあるはずだろ？　何か些細なものを欲しがったり、それを少しでも安く手に入れるために交渉したり。でも僕はそれがもう楽しめなくなっていることに気付いてしまった。なんでも手に入るはずなのに、お金に対して白けている。そんな自分が怖かった。だからこそ、僕は小さなお金に対しても執着しようとした」

　なぜ九十九が少年にお金を払うことを、あれほどまでに拒んだのか。ラジオのチューニングが合うように謎が解けていく。九十九は溜まっていたものを一気に吐き出すように続ける。

「でもどんなに執着しようとしても、心の底から楽しくはなかったんだ。どうでもよかった。お金があればなんでも解決してしまうということを知ってしまった僕は今、生きていくことに飽きてしまっているんだ」

　地平線から太陽が昇ってきた。群青色の空が、力強い乳白色の光の塊により溶かされていく。幾千にも連なった巨大な砂丘が、みるみるうちに赤から橙色に、そして芥子色へと変色していく。

「九十九……君は何も変わらないよ。いつもの九十九だ。猫背でおどおどしていて、でも最高の落語を演じることができる男さ」

「いや違う。僕は変わってしまった」

　九十九は、その黒い瞳で一男を見た。その目に、彼の深い孤独を感じ、すぐに言葉を継ぐことができなかった。

「……九十九……君はこれからどうするんだ？」

「『観光客は着いたときに帰ることを考え始めるが、旅人は帰らないこともある』。あの映画と同じさ。お金の世界で、僕はもう観光客ではなく、旅人なんだ。きっと長い旅になるだろう。戻ってくるのには、ずいぶんと時間がかかりそうだ」

　太陽が、砂漠に光の線を描く。あまりにも美しい朝日だった。一男は目を細めて、その光を見つめた。今日から。この朝日が昇ったのを境に、九十九とは別々の世界で生きていくことになる。そんな予感がした。

「九十九、僕にできることはあるのか？」

「……待っていて欲しい。いつか戻って来られる気もするんだ。ただ、行き着くところまで進まないと、帰り道は見つからないと思う。スークで君を見失い、捜し出さなくてはいけなくなったとき、僕はお金を使って君を見つけ出した。そのとき、進むべき道が決まったんだ。僕はこれからお金と向き合う。とことん首を突っ込んで、お金の天国と地獄を見てくる。それでお金の正体とやらを見つけられるかどうか、やれるだけやってみる」

「九十九……」

いくら考えても、九十九にかけるべき言葉が見つからなかった。

一男にとって、九十九は最初で、そしてきっと最後の親友だ。九十九はひとりで悩み苦しんでいたのに、その孤独に寄り添ってあげることができなかった。遠くに行こうとしている九十九を引き止めることもできず、その旅立ちを祝福することさえできない。情けなくて、涙が出そうだった。

「一男くん、待っていてくれないか？」

別れるふたりを照らすには、あまりにも眩しすぎる朝日を見つめながら九十九は言った。

「僕は、お金と幸せの答えを見つけてくるよ。そして必ず戻ってくる。そのときこそ、僕たちはふたりで百、パーフェクトになるんだ」

$

ドシン、と何かが置かれる音で一男は目を覚ました。

バレエ発表会からの帰り道、電車の座席で眠っていた。疲れ切っていた。感情があまりにも大きく揺さぶられすぎて、ひたすらに脳が眠ることを要求していた。一男が目をつむろうとしたそのとき、ふたたび音がして、隣に誰かが座った。

「なぞなぞだ……」隣に座った男が問うてくる。「人間には自分の意思ではコントロールできないことが、みっつある。何か分かるかな?」

一男は向かいの窓ガラスに映る隣の男を見た。黒ずくめの服。ぼさぼさのくせ毛に、黒猫のような目。あまりに突然の出来事に、体が硬直していた。摑みかかりたいのに、指一本動かすことができない。金縛りにあっているかのように、自由が失われている。

掠れた声で、一男は答える。

「……死ぬことと、恋することと、そしてお金だ。あの日、どんちゃん騒ぎの中で、君が教えてくれた」

「正解。だけどお金だけが、他のふたつと異なることがある。それはなんだか分かるかい?」

九十九は落語を演るときのように、明瞭に話し続ける。まるで台本を読み上げているかのようだった。

「分からないよ……九十九」

「死ぬことも、恋することも、人間が誕生したときからそこにあったものだ。だけどお金だけが、人がみずから作り出したものなんだ。人の信用を形に変えたものがお金なんだよ。人間がそれを発明し、信じて使っている。だとしたらお金は人間そのものだと思わないか？　だから信じるしかない。この絶望的な世界で、僕たちは人を信じるしかないんだ」

「……どういうことだ九十九。なぜ僕の三億円を持って消えたんだ。説明してくれ」

あまりにも分からないことだらけだった。混乱していた。すべてのことに対して分かるように説明して欲しかった。

「……一男くん、僕らはどこで知り合った？」

「落語研究会だ」

「僕が一番得意だった演目は？」

「……芝浜か！」

モロッコの砂漠に広がる砂丘。薄紫色の空の下で、九十九が朗々と落語を演る。演目は、十八番の「芝浜」だ。

拾った大金が夢だったと知った魚屋は、改心して懸命に働いた。もともと腕が良かった魚屋。店は繁盛し、三年後には立派な店を構えることができた。その年の大晦日の晩。魚屋の女房が家の奥から財布を持ってきて、告白を始める。「この財布をずっと隠していたんだ」と。あの日、大金を見せられた妻は困惑した。このままだと夫が駄目になってしまうと思った。妻は魚屋の泥酔に乗じて「財布など最初から拾っていない。あれは夢だった」と言いくるめることにしたのだ。

事実を知った魚屋は、妻を責めることはなく、気の利いた嘘で自分を真人間へと立ち直らせてくれたことに感謝する。妻は涙ぐみ、懸命に頑張ってきた夫の労をねぎらい「久し振りに酒でもどうか?」と勧める。初めは拒んだ魚屋だったが、やがておずおずと杯を手にする。「うん、そうだな、じゃあ、呑むとするか」といったんは口元に運ぶが、ふいに杯を置く。そして言うのだ。


「よそう。また夢になるといけねえ」

隣に座る九十九が笑った。あのモロッコの砂漠で見たのと同じ、はにかんだ表情で。

「君は『お金と幸せの答え』を知りたいと言った。僕にお金の使い方を教えて欲しいと。だから僕は君に、十和子や百瀬そして千住に会ってもらおうと思った。彼らの話を聞いてもらいたかった。申し訳ないのだけれど、彼らには君がやってくるであろうことは伝えていた。お金が人をどう変えるかを君に知って欲しかったんだ。でも今思うと、その答えを知りたかったのは僕だったのかもしれない。だからこれは、君のための芝浜でもあり、僕のための芝浜でもある」

今、一男のお金をめぐる冒険にオチがついた。「芝浜」が、終わったのだ。呆然とする一男に向かい、九十九は続ける。

「つまるところチャップリンが言ったとおりなんだ。人生に必要なもの。それは勇気と想像力と、ほんの少しのお金さ。想像力を持ち、世界のルールを知る。そして勇気を持ってそこに踏み込む。それさえあれば、ほんの少しのお金で充分だと思える。あのセリフの意味はそういうことなんじゃないかと僕は思っている。彼が莫大な資産を得た後に書いたセリフとしては至極まっとうだと思うね」

言い終わると九十九はシートから立ち上がり、チャップリンのようなコミカルなステップを踏んだ。

「……やっぱり君は九十九で、僕はたったの一だ。君には勝てっこない。全部君の手のひらの上だったんだな」

脱力しながら言うと、九十九は一男の内心を見抜くような目でじっと見つめた。

「それで一男くん。お金と幸せの答えは見つかったかい？」

「まだ分からない。でも君は、たどり着いたんだろ？」

「そうだとも、そうでないとも言える。お金と幸せの答えは、すぐに形を変えていく。それを決めるのは、僕らなんだ。だからこそ僕は、もし人を疑うか、信じるかのY字路があったとしたら、信じる道を行こうとふたたび思えるようになった」

九十九は手すりの輪っかにつかまり、子どものように体をしならせながら続ける。

「そう思えたのは君のおかげなんだ。僕は九十九までは答えが見つかっていた。でも最後のワンピースがどうしても見つからなかった。それを埋めてくれたのは、一男くん、君なんだよ。君はもがきながらも、僕を信じようとする気持ちを手放さなかった。だから僕もまた、誰かを信じてみたいと思えるようになった。僕はようやくお金の旅を終え、帰ることができそうだ。やっぱり僕らはふたりで、百。パーフェクトになるんだ」

九十九は歌うように話し切った。その落語が終わるのを見計らったかのように、電車が駅に止まった。電灯が少なく、薄暗い駅だった。ドアが開くと、冷たい風が車内に吹き込んでくる。九十九はポケットに両手を入れると、黒猫のように柔らかい動きで、音も立てず、ホームへと降りていく。一男は立ち上がることができず、その後ろ姿を見送る。

「また会おう……」

九十九が呟いた瞬間、電車のドアが閉まった。

ホームに立つ九十九に、一男は視線を送った。無言のまま見つめ合う。発進音とともに電車が動き出した。

九十九が右の口角を少し上げ、天を仰ぐように上を見た。釣られて一男が見上げると、網棚が見えた。見覚えのある旅行カバンが置いてあった。

重い旅行カバンを持って、一男は電車を降りる。川沿いの暗い道を十五分かけて歩き、パン工場の寮へと向かう。九十九、十和子、百瀬、千住。この三十日間の出来事が次々と思い出される。皆がお金を求め、振り回され、そして幸せのありかを探していた。彼らの言葉ひとつひとつが、鮮明に甦ってくる。

一男は階段をゆっくりと上り、薄いドアを開ける。目の前には、四畳半の部屋が広がっている。子猫のマーク・ザッカーバーグがみゃあと小さく鳴きながら近づいてきて、カバンをかりかりと爪で引っ掻く。エサでも買ってきたと思っているのか。けれども一男がカバンを開けると「なんだ、また紙きれか」といった様子でとぼとぼと離れていき、窓際で毛繕いを始めた。

カバンの中には、一万円札の束がびっしりと詰め込まれていた。一男はかつてしたように、ゆっくりと札束を畳の上に広げていく。福沢諭吉が畳一面に広がる。百万円の束が、三百個。あの夜に一男が使った分も含めて、綺麗に戻され、元どおりになっていた。

一男は、ふたたび「億男」になった。この世界にいるであろう「億男たち」のことを想像した。彼らひとりひとりに、本当に幸せなのかと訊ねてみたいと思った。果たして「お金と幸せの答え」を見つけている人間は、この世界に何人いるのだろうか。

一男は答えを求めて、並んでいる福沢諭吉をじっと見つめた。その顔は、笑っているようにも泣いているようにも見えた。

$

落ちぶれたコメディアンが、病に冒されたバレリーナを励ましている。

「人生に必要なもの。それは勇気と想像力と、ほんの少しのお金さ」

チャップリンは言う。

「戦おう。人生そのもののために。生き、苦しみ、楽しむんだ。生きていくことは美しく、素晴らしい」

まどかと商店街を歩きながら、九十九が教えてくれたセリフを思い出していた。前を歩くまどかは、買ったばかりのエメラルドグリーンの自転車を押している。それは、彼女の小さな体にはいささか大きすぎるように見えた。けれどこの自転車も、やがて小ぶりに見える日が来るだろう。

商店街の入口では、あの日と同じく福引きをやっていた。三等には自転車。それを横目で見ながら、一男とまどかは自転車を買った。戻ってきた三億円を使った、最初の買い物だった。

河川敷にたどり着いた時には日がすでに傾き、灰色になった草木が冷たい風に吹かれて揺れていた。川縁では老齢の男が釣り糸を垂らし、手前のグラウンドでは少年たちがサッカーボールを追いかける。グラウンドから急勾配の坂を登った先には、ゆるやかな曲線を描いた細長い道があり、犬を連れて散歩をする人や、ジョギングをする集団が行き交っている。その中を、エメラルドグリーンの自転車がふらふらと走っていく。

まどかは震える足でペダルを漕ぐ。大きな自転車。慣れていないせいか、力が入らず弱々しい。ハンドルが左右に揺れる。一男が走り寄って後ろから押すと、ゆっくりと車輪が回り出した。まどかが足を踏み込むと、更にスピードが上がり、一男の手から自転車が離れていく。小走りにそのあとを追うが、引き離されていく。一男は追いかけるのをやめ、立ち止まった。まどかの小さな背中が自転車とともに遠ざかっていった。

チャップリンは、こうも言った。

「死と同じように、生きることも避けられない」

だとしたら、僕たちは人生そのもののために戦い、苦しみ、そして生きていくしかない。勇気と想像力とともに。

まどかの背中が、遥か先にあった。もう追いつけないかもしれない。ずいぶん遠くまで行ってしまったのだ。

それでも、気付くと走り出していた。

また、まどかと万佐子と一緒に暮らしたい。家族でいたい。どうしても、諦めることができなかった。

新たに欲しいものは見つからない。でも今、失ったものを取り戻したいという欲が、一男を生かし、明日へと送り出す。一歩、また一歩、足を前に踏み出させる。

汗だくになりながら、がむしゃらに走る。散歩する老夫婦や、部活帰りの高校生たちが、笑いながらそれを見る。平和な休日の河川敷には似つかわしくない形相で、一男は走っている。歯を食いしばりながら、まどかの背中を必死に追いかける。

「お父さん、どうしたの？」

驚いた声で、まどかが言った。いつの間にか、自転車の背後まで来ていた。息を切らしながら、でも笑顔になって、一男は叫ぶ。

「言っただろ！　お父さん、足が速いんだって！」

「お父さん、いいからそういうの。キャラと違うよ！」

まどかは悪戯な笑みを浮かべると、力強くペダルを踏み込む。エメラルドグリーンの自転車が加速する。

一男は走る。必死に追いすがる。足の裏が痺れ、肺が痛くなってくる。笑いながら、なぜだか涙があふれてくる。

「本当だ！　お父さん、リレーの選手だったんだぞ！」

一男は土を蹴り、大きく足を踏み出す。拍動が体中に響き渡る。まどかの背中に向けて、手を伸ばした。

解説　お金と幸せの答え

高橋一生

辞書で調べると、《金》という字は六つの読み方がある。
読み方、意味は以下、岩波国語辞典からの引用。

まず、
《金》かね
1．金属。特に鉄を指すことが多い。「―のわらじで捜し歩く」(根気よく捜しまわる)
2．金銭。おかね。「―を食う」(費用が多くかかる)

そして、最初の読み方以外の五つ、

《金》キン、コン、かね、かな、こがね
　1．金・銀・銅・鉄などの金属鉱物の総称。かね。また、金属で作った器具。かなもの。「金属・金石・金鉄・金工・金瘡・合金・板金」
　2．《名・造》鉱物の一種。美しく黄色に輝く貴金属。元素記号Ａｕ　こがね。また、そのように見えるもの。「黄金・金銀・金玉・金塊・金泥・金貨・金印・金箔・純金・金銀瑠璃・白金」

……だそうだ。


後者の五つの読み方の意味は、なんだかそんなに生々しくない。

辞書にも載っている通り、《黄金》や、《金銀》から連想できる《宝》という意味にも捉えられるからだろうか。

《宝》という言葉は、なんだか現実味がないし、曖昧な、測ることの出来ない事象を表す言葉に聞こえる。

でも、前者。

前者の《カネ》は、なんだか非常に生々しい。

通貨としての意味で使われるこの言葉は、辞書にある前者の2．金銭《かね》《きんせん》にあたるのだと思う。

一方、宝は通貨ではないので、物が買えるわけではない。

宝はカネを含んだ広義の言葉であって、生々しさが薄れるからなのかもしれない。

例えば御伽噺(おとぎばなし)で《宝》という言葉は出てきても、《カネ》という言葉が使われたことを僕は記憶していない。

有名な御伽噺の桃太郎で、もし「鬼を倒すと、そこには沢山のカネがあった。」という表現が使われていたとしたら、夢と魔法の王国からの帰り道、ゲートを通って舞浜駅で電車の切符を買い、満員電車に揺られて家に帰るような気持ちになるだろうと思う。

否が応でも、《カネ》という言葉は現実を突き付けてくるのだ。

それに加えてカネは、数値でその量がわかる。

至極わかりやすい、具体的な数として。

この現実では、大抵のものはこの《カネ》、金銭があれば買うことが出来る。

そして、金銭で買えないものも多分存在している。

その金銭で買えない存在は大体が形ではなく、人と人との間に生まれる物事だったり、思いだったりする。

そういうものの多くは《幸せ》と表現される。

それを〝多分〟と表現するのは、その存在が、とても曖昧だからだ。

幸せはカネの様に数値化出来ないし、具体でもない。

人それぞれが個々に、見る側面によっては幸せにも、その逆にもなったりするくらい、抽象的で、人によってはカネで全ての幸せも買えたりするのかもしれないくらい、曖昧だからだ。

こう考えると、お金と幸せは独立したそれぞれで、混ざり合うことのない、水と油のように思える。

具体と抽象、確かと不確か。数値と非数。

『億男』の著者、川村元気さんはこの相容れない、お金と幸せをこの本で混ぜ合わせ、答えを導き出していく。それはさながら錬金術だ。

端的に云えば、卑金属を貴金属に変える方法としての錬金術だが、広く捉えて、肉体や魂を錬成して完全にしていく方法としても語られる術だ。

知っていたはずの事の違う側面を知り、知らなかった事を深く掘り下げ知っていくその体験を通して、自分だけの答えに辿り着く方法が『億男』にはちりばめられている。

ここから先は、本を読了してから読み進めてほしい。

小説のラストで一と九十九は電車で別れ、百になることを選ばなかった。完璧になることを手離すのだ。

決して御伽噺とは言えない、これまで辿ってきた人生を持って、三億を巡る旅を経て、電車で出会い直し、生々しい現実に立ち戻っていく。

そこからでしか宝に至ることが出来ないことを知っていたかのように。

もしかすると、知ることは、知っていたことに気付くことで、旅をするのは、辿り辿って旅の最初に立ち戻ることなのかもしれないと思うのだ。

答えははじめから在る。

それを人生で感じることが多くなってきた。

このまま僕も僕の旅を続けようと思う。

今回、この『億男』が、実写映画になる。

僕は俳優として映画に参加させていただけることになった。

作品作りにあたって、原作、監督からスタッフ、共演させていただく俳優まで、愛してやまない人達と作ることが出来る。

登場人物達がそれぞれに辿ったお金と幸せの答えに、『億男』の読者の方々にも、これから実写映画を観て下さる方々にも、触れていただけたら、心から幸せに思う。

そして『億男』文庫化にあたり、この本の「解説」までさせていただけることになり、その全てが僕にとっては夢のような話だが、このくらいで語るのはよそうと思う。ここに来るまでに辿ってきた旅とこれからが「夢になるといけねえ」ので。

（俳優）

単行本　二〇一四年十月　マガジンハウス刊

文春文庫

億男（おく おとこ）

定価はカバーに表示してあります

2018年3月10日　第1刷
2018年7月10日　第2刷

著　者　川村元気（かわむら げんき）

発行者　花田朋子
発行所　株式会社 文藝春秋

東京都千代田区紀尾井町3-23　〒102-8008
TEL 03・3265・1211㈹
文藝春秋ホームページ　http://www.bunshun.co.jp

落丁、乱丁本は、お手数ですが小社製作部宛お送り下さい。送料小社負担でお取替致します。

印刷製本・凸版印刷
Printed in Japan
ISBN978-4-16-791026-6

（　）内は解説者。品切の節はご容赦下さい。

浅田次郎
月島慕情
過去を抱えた女が真実を知って選んだ道は。表題作の他、ワンマン社長と靴磨きの老人の生き様を描いた「シューシャインボーイ」など、市井に生きる人々の矜持を描く全七篇。（桜庭一樹）
あ-39-9

浅田次郎
沙高樓綺譚
伝統を受け継ぐ名家、不動産王、世界的な映画監督。巨万の富と名誉を持つ者たちが今宵も集い、胸に秘めてきた驚愕の経験を語りあう。浅田次郎の本領発揮！　超贅沢な短編集。（百田尚樹）
あ-39-10

浅田次郎
草原からの使者
沙高樓綺譚
総裁選の内幕、莫大な遺産を受け継いだ御曹司が体験するカジノの一夜、競馬場の老人が握る幾多の人生。富と権力を持つ人間たちの虚無と幸福を浅田次郎が自在に映し出す。（有川　浩）
あ-39-11

あさのあつこ
夢うつつ
ごく普通の日常生活の一場面を綴ったエッセイから一転、現実と空想が交錯する物語が展開される連作短篇集。時にざらりとした後味が残り、時にほろりとする、あさのあつこの意欲作。
あ-43-13

阿部智里
烏に単は似合わない
八咫烏の一族が支配する世界「山内」。世継ぎの后選びを巡る有力貴族の姫君たちの争いに絡み様々な事件が……。史上最年少松本清張賞受賞作となった和製ファンタジー。（東　えりか）
あ-65-1

阿部智里
烏は主を選ばない
優秀な兄宮を退け日嗣の御子の座に就いた若宮に仕えることになった雪哉。だが周囲は敵だらけ、若宮の命を狙う輩も次々に現れる。彼らは朝廷権力闘争に勝てるのか？（大矢博子）
あ-65-2

阿部智里
黄金の烏
八咫烏の世界で危険な薬の被害が次々と報告される。その行方を追って旅に出た若宮と雪哉は、最北の地で村人を襲い喰らい尽くす大猿に遭遇する。シリーズ第三弾。（吉田伸子）
あ-65-3

星月夜
伊集院 静
東京湾で発見された若い女性と老人の遺体。事件の鍵を握るのは、老人の孫娘、黄金色の銅鐸、そして星月夜の哀しい記憶……。かくも美しく、せつない、感動の長編小説。（池上冬樹）
い-26-21

オレたちバブル入行組
池井戸 潤
支店長命令で融資を実行した会社が倒産。社長は雲隠れ。上司は責任回避。四面楚歌のオレには債権回収あるのみ……。半沢直樹が活躍する痛快エンタテインメント第1弾！（村上貴史）
い-64-2

オレたち花のバブル組
池井戸 潤
あのバブル入行組が帰ってきた。巨額損失を出した老舗ホテル再建、金融庁の嫌みな相手との闘い。絶対に負けられない闘いの結末は？　大ヒット半沢直樹シリーズ第2弾！（村上貴史）
い-64-4

ロスジェネの逆襲
池井戸 潤
半沢直樹、出向！　子会社の証券会社で着手した買収案件が汚い手段で横取りされた。若き部下とともに半沢は反撃の策を練る。IT業界を舞台とする大人気シリーズ第3弾。（村上貴史）
い-64-7

シャイロックの子供たち
池井戸 潤
現金紛失事件の後、行員が失踪!?　上がらない成績、叩き上げの誇り、社内恋愛、家族への思い……事件の裏に透ける行員たちの葛藤。働くことの幸福と困難を描く傑作群像劇。（霜月 蒼）
い-64-3

かばん屋の相続
池井戸 潤
「妻の元カレ」「手形の行方」「芥のごとく」他。銀行に勤める男たちが、長いサラリーマン人生の中で出会う、さまざまな困難と悲哀。六つの短篇で綴る、文春文庫オリジナル作品。（村上貴史）
い-64-5

民王
池井戸 潤
夢かうつつか、新手のテロか？　総理とその息子に非常事態が発生！　漢字の読めない政治家、酔っぱらい大臣、バカ学生らが入り乱れる痛快政治エンタメ決定版。（村上貴史）
い-64-6

（　）内は解説者。品切の節はご容赦下さい。

伊坂幸太郎
死神の精度
俺が仕事をするといつも降るんだ——七日間の調査の後その人間の生死を決める死神たちは音楽を愛し大抵は死を選ぶ。クールでちょっとズレてる死神が見た六つの人生。（沼野充義）
い-70-1

伊坂幸太郎
死神の浮力
娘を殺された山野辺夫妻は、無罪判決を受けた犯人への復讐を計画していた。そこへ人間の死の可否を判定する〝死神〟の千葉がやってきて、彼らと共に犯人を追うが——。（円堂都司昭）
い-70-2

五十嵐貴久
サウンド・オブ・サイレンス
聴覚障害のある同級生・春香らのダンスチームを手伝うことになった夏子。目指すはコンテストだが、周囲の大人の反対や恋のもつれで道は遠い!?　汗と涙の青春小説！（大矢博子）
い-71-2

乾　ルカ
ばくりや
あなたの「能力」を誰かの「能力」と交換しますという文句に導かれ、三波は「ばくりや」を訪ねたが——能力を交換した人々の悲喜劇を描く、奇想天外な連作短篇集。（桜木紫乃）
い-78-3

伊吹有喜
ミッドナイト・バス
故郷に戻り、深夜バスの運転手として二人の子供を育ててきた利一。ある夜、乗客に十六年前に別れた妻の姿が。乗客たちの人間模様を絡めながら家族の再出発を描く感動長篇。（吉田伸子）
い-102-1

大沢在昌
魔女の笑窪
闇のコンサルタントとして裏社会を生きる女・水原。男を一瞬で見抜くその能力は、誰にも言えない壮絶な経験から得た代償だった。美しいヒロインが、迫りくる過去と戦う。（青木千恵）
お-32-7

大沢在昌
魔女の盟約
自らの過去である地獄島を破壊した「全てを見通す女」水原は、家族を殺された女捜査官・白理（バイリー）とともに帰国。自らをはめた「組織」への報復を計画する。『魔女の笑窪』続篇。（富坂　聰）
お-32-8

奥田英朗
イン・ザ・プール
プール依存症、陰茎強直症、妄想癖など、様々な病気で悩む患者が病院を訪れるも、精神科医・伊良部の暴走治療ぶりに呆れるばかり。こいつは名医か、ヤブ医者か？　シリーズ第一作。
お-38-1

奥田英朗
空中ブランコ
跳べなくなったサーカスの空中ブランコ乗り、尖端恐怖症で刃物が怖いやくざ……。おかしな症状に悩める人々を、トンデモ精神科医・伊良部一郎が救います！　爆笑必至の直木賞受賞作。
お-38-2

奥田英朗
無理（上下）
壊れかけた地方都市・ゆめのに暮らす訳アリの五人。それぞれの人生がひょんなことから交錯し、猛スピードで崩壊してゆく様を描いた傑作群像劇。一気読み必至の話題作！
お-38-5

荻原　浩
幸せになる百通りの方法
自己啓発書を読み漁って空回る青年、オレオレ詐欺の片棒担ぎ、リストラを言い出せないベンチマン……今を懸命に生きる人々を描いたユーモラス&ビターな七つの短篇。（温水ゆかり）
お-56-3

大崎　梢
夏のくじら
大学進学で高知にやって来た篤史はよさこい祭りに誘われる。初恋の人を探すために参加するも、個性的なチームの面々や踊りの練習に戸惑うばかり。憧れの彼女はどこに!?（大森　望）
お-58-1

大崎　梢
プリティが多すぎる
文芸志望なのに少女ファッション誌に配属された南吉くんこと新見佳孝・26歳。くせ者揃いのスタッフや10代のモデル達のプロ精神に触れながら変わってゆくお仕事成長物語。（大矢博子）
お-58-2

小野一起
マネー喰い　金融記者極秘ファイル
ネタ元との約束を守って「特落ち」に追い込まれたベテラン記者・山沢勇次郎。謎のリークが記者たちを翻弄する中、メガバンクの損失隠しをめぐる怒濤の闘いが始まった！（佐藤　優）
お-66-1

（　）内は解説者。品切の節はご容赦下さい。

太田紫織
あしたはれたら死のう
自殺未遂の結果、数年分の記憶と感情の一部を失った遠子。その時に亡くなった同級生の少年・志信と自分はなぜ死を選んだのか——遠子はSNSの日記を唯一の手がかりに謎に迫るが。
お-69-1

勝目　梓
あしあと
記憶の封印が解かれる時、妖しく危うい官能の扉が開く。この世に起こり得ない不思議。倒錯の愛。夢とも現実ともつかぬ時空を往来しながら描く、円熟の傑作短篇十篇。（逢坂　剛）
か-11-4

角田光代
対岸の彼女
女社長の葵と、専業主婦の小夜子。二人の出会いと友情は、些細なことから亀裂を生じていくが……。孤独から希望へ、感動の傑作長篇。直木賞受賞作。（森　絵都）
か-32-5

角田光代
ツリーハウス
じいさんが死んだ夏、孫の良嗣は自らのルーツを探るべく、祖父母が出会った満州へ旅に出る。昭和と平成の世相を背景に描く、一家三代のクロニクル。伊藤整文学賞受賞作。（野崎　歓）
か-32-9

角田光代
かなたの子
生まれなかった子に名前などつけてはいけない——人々の間に昔から伝わる残酷で不気味な物語が形を変えて現代に甦る。時空を超え女たちを描く泉鏡花賞受賞の傑作短編集。（安藤礼二）
か-32-10

加納朋子
モノレールねこ
デブねこを介して始まった「タカキ」との文通。しかし、そのネコが車に轢かれ、交流は途絶えるが……表題作「モノレールねこ」ほか、普段は気づかない大切な人との絆を描く八篇。（吉田伸子）
か-33-3

加納朋子
少年少女飛行倶楽部
中学一年生の海月が入部した「飛行クラブ」。二年生の変人部長・神ことカミサマをはじめとするワケあり部員たちは果たして空に舞い上がれるのか？　空とぶ傑作青春小説！（金原瑞人）
か-33-4

加納朋子
螺旋階段のアリス
憧れの私立探偵に転身を果たしたものの依頼は皆無、事務所で暇をもてあます仁木順平の前に、白い猫を抱いた美少女・安梨沙が迷いこんでくる。心温まる7つの優しい物語。（藤田香織）
か-33-6

加納朋子
虹の家のアリス
心優しき新米探偵・仁木順平と聡明な美少女・安梨沙。『不思議の国のアリス』を愛する二人が営む小さな事務所に持ちこまれる6つの奇妙な事件。そして安梨沙の決意とは。（大矢博子）
か-33-7

海堂　尊
ひかりの剣
覇者は外科の世界で大成するといわれる医学部剣道部の「医鷲旗」大会。そこで、東城大・速水と、帝華大・清川による伝説の闘いがあった。「チーム・バチスタ」シリーズの原点！（國松孝次）
か-50-1

壁井ユカコ
サマーサイダー
廃校になった中学の最後の卒業生、幼なじみのミズ、誉、悠の間には誰にも言えない秘密があった。高校生になり互いへの気持ちに揺らぐ彼らを一年前の罪が追いつめてゆく――。（瀧井朝世）
か-66-1

北方謙三
杖下（じょうか）に死す
剣豪・光武利之が、私塾を主宰する大塩平八郎の息子、格之助と出会ったとき、物語は動き始める。幕末前夜の商都・大坂を舞台に至高の剣と男の友情を描ききった歴史小説。（末國善己）
き-7-10

桐野夏生
グロテスク（上下）
あたしは仕事ができるだけじゃない。光り輝く夜のあたしを見てくれ――。名門女子高から一流企業に就職し、娼婦になった女の魂の彷徨。泉鏡花文学賞受賞の傑作長篇。（斎藤美奈子）
き-19-9

桐野夏生
メタボラ
記憶喪失の僕と、故郷を捨てたアキンツの逃避行。すべてを奪われた僕たちに安住の地はあるのだろうか――。底辺に生きる若者たちの生態を克明に描いた傑作ロードノベル。（小山太一）
き-19-14

（　）内は解説者。品切の節はご容赦下さい。

桐野夏生
ポリティコン（上下）
東北の寒村に芸術家たちが創った理想郷「唯腕村（いわんむら）」。村の後継者となった高浪東一は、流れ者の少女マヤを愛し、憎み、運命を交錯させる。国家崩壊の予兆を描いた渾身の長篇。（原　武史）
き-19-16

桐野夏生
水の眠り 灰の夢
オリンピック前夜の熱を孕んだ昭和三十八年東京。連続爆弾魔を追う記者・村野に女子高生殺しの嫌疑が。村野が辿り着いたおぞましい真実とは。孤独なトップ屋の魂の遍歴。（武田砂鉄）
き-19-18

桐野夏生
だから荒野
四十六歳の誕生日、身勝手な夫と息子たちを残し、家出した主婦・朋美。夫の愛車で気の向くまま高速をひた走る――。家族という荒野を生きる孤独と希望を描いた話題作。（速水健朗）
き-19-19

京極夏彦
定本　百鬼夜行―陽
『陰摩羅鬼の瑕』ほか、京極堂シリーズの名作を彩った男たち、女たち。彼らの過去と因縁を「妖しのもの」として物語る悲しく恐ろしいスピンオフ・ストーリーズ第二弾。初の文庫化。
き-39-1

京極夏彦
定本　百鬼夜行―陰
人にとり憑く妄執、あるはずもない記憶、疑心暗鬼、得体の知れぬ闇。それが妖怪となって現れる。『姑獲鳥の夏』ほか名作の陰にあった物語たちを収める。百鬼夜行シリーズ初の短編集。
き-39-2

熊谷達也
邂逅（かいこう）の森
秋田の貧しい小作農・富治は、先祖代々受け継がれてきたマタギとなり、山と狩猟への魅力にとりつかれていく。直木賞、山本周五郎賞を史上初めてダブル受賞した感動巨篇！（田辺聖子）
く-29-1

宮藤官九郎
きみは白鳥の死体を踏んだことがあるか（下駄で）
冬の白鳥だけが名物の東北の町で男子高に通う「僕」。ある日、ローカル番組で「おもしろ素人さん」を募集しているのを見つけた僕は、親友たちの名前を勝手に書いて応募し……。（石田衣良）
く-34-3

笹本稜平
還るべき場所
世界2位の高峰K2で恋人を亡くした山岳家は、この山にツアーガイドとして還ってきた。立ちはだかる雪山の脅威と登山家たちのエゴ。故・児玉清絶賛の傑作山岳小説。（宇田川拓也）
さ-41-3

笹本稜平
春を背負って
先端技術者としての仕事に挫折した長嶺亨は、山小屋を営む父の訃報に接し、脱サラをして後を継ぐことを決意する。山を訪れる人々が抱える人生の傷と再生を描く感動の山岳短編小説集。
さ-41-4

笹本稜平
その峰の彼方
厳冬のマッキンリーを単独登攀中に消息を絶った孤高の登山家・津田悟。親友の吉沢ら捜索隊が壮絶な探索行の末に見た奇跡とは？　山岳小説の最高峰がここに！（宇田川拓也）
さ-41-5

佐々木　譲
ユニット
十七歳の少年に妻を殺された男。夫の家庭内暴力に苦しみ、家出した女。同じ職場で働くことになった二人に、魔の手が伸びる。少年犯罪と復讐権、家族のあり方を問う長篇。（西上心太）
さ-43-1

佐々木　譲
ワシントン封印工作
昭和十六年、日米開戦とともに消えた一人の大使館員がいた。和平交渉の裏側で進展する諜報活動と各国の思惑、彼らの恋愛模様を描く第二次大戦三部作に連なる長篇小説。（青木千恵）
さ-43-3

坂木　司
ワーキング・ホリデー
突然現れた小学生の息子と夏休みの間、同居することになった元ヤンでホストの大和。宅配便配達員に転身するも、謎とトラブルの連続で!?　ぎこちない父子の交流を爽やかに描く。
さ-49-1

坂木　司
ウィンター・ホリデー
冬休みに再び期間限定の大和と進の親子生活が始まるが、クリスマス、正月、バレンタインとイベント続きのこの季節はトラブルも続出……。大人気「ホリデー」シリーズ第二弾。（吉田伸子）
さ-49-2

（　）内は解説者。品切の節はご容赦下さい。

桜庭一樹
私の男
落魄した貴族のようにどこか優雅な淳悟は、孤児となった花を引き取る。内なる空虚を抱えて、愛に飢えた親子が超えた禁忌を圧倒的な筆力で描く第138回直木賞受賞作。（北上次郎）
さ-50-1

桜庭一樹
ブルースカイ
「大人」と「子ども」のみ存在する中世ドイツ、「少女」が絶滅した近未来のシンガポール、そして現代日本。彼女がそこで見たもの。青空と箱庭、少女についての物語。（佐々木　敦）
さ-50-5

桜庭一樹
このたびはとんだことで
桜庭一樹奇譚集
読書クラブに在籍する高校生が悩む日常ミステリー。大学生の恋愛の始まりと終わりを描いた青春小説——。ジャンルを横断する六つの短篇に桜庭一樹のエッセンスが凝縮！（杉江松恋）
さ-50-7

桜庭一樹
荒野（こうや）
蜉蝣のような恋愛小説家の父と暮らす少女・荒野の家に、新しい家族がやってきた。〝恋〟とは、〝好き〟とは？　多感な季節を描く少女成長小説、全三巻の合本・新装版。（吉田伸子）
さ-50-8

笹生陽子
空色バトン
ある日突然おかんが死んだ。現役男子高校生のオレに通夜の席に現れたおばさん三人組が渡したのは25年前の漫画同人誌だった。世代を超えて繋がるバトンは青春を運ぶ！（橋本　紡）
さ-61-1

篠田節子
はぐれ猿は熱帯雨林の夢を見るか
レアメタル入りのウナギ、蘇った縄文時代の寄生虫、高性能サル型ロボット…。科学技術に翻弄される人間たちは、この世界を生き延びられるのか!?　迫力の傑作中編集。（大倉貴之）
し-32-11

柴田よしき
小袖日記
不倫に破れて自暴自棄になっていたあたしは、平安時代にタイムスリップ！　女官・小袖として『源氏物語』執筆中の香子さまの片腕として働き、平安の世を取材して歩くことに。（堺　三保）
し-34-9

重松　清
その日のまえに
僕たちは「その日」に向かって生きてきた——。死にゆく妻を静かに見送る父と子らを中心に、それぞれのなかにある生と死、そして日常のなかにある幸せの意味を見つめる連作短篇集。
し-38-7

重松　清
小学五年生
人生で大切なものは、みんな、この季節にあった。まだ「おとな」でないけれど、もう「こども」でもない微妙な年頃を、移りゆく四季を背景に描いた笑顔と涙の少年物語、全十七篇。
し-38-8

重松　清
きみ去りしのち
幼い息子を喪った父。〈その日〉をまえにした母に寄り添う少女。この世の彼岸の圧倒的な風景に向き合いながら、ふたりの巡礼の旅はつづく。鎮魂と再生への祈りを込めた長編小説。
し-38-13

重松　清
また次の春へ
同じ高校に合格したのに、浜で行方不明になった幼馴染み。彼の部屋を片付けられないお母さん。突然の喪失を前に、迷いながら、泣きながら、一歩を踏みだす、鎮魂と祈りの七篇。
し-38-14

朱川湊人（みなと）
都市伝説セピア
〝都市伝説〟に憑かれ、自らその主役になろうとする男の狂気を描く「フクロウ男」、親友を事故で失った少年が時間を巻き戻そうとする「昨日公園」などを収録したデビュー作。（石田衣良）
し-43-1

朱川湊人
花まんま
幼い妹が突然誰かの生まれ変わりと言い出す表題作の他、昭和三、四十年代の大阪の下町を舞台に不思議な出来事をノスタルジックな空気感で情感豊かに描いた直木賞受賞作。（重松　清）
し-43-2

朱川湊人
いっぺんさん
一度だけ何でも願いを叶えてくれる神様を探しに行った少年たちのその後の顚末を描いた表題作「いっぺんさん」他、懐かしさと恐怖が融合した小さな奇跡を集めた短篇集。（金原瑞人）
し-43-4